پایان

پرورش داده، سرشان را می‌بریدند یا آنها را سلّاخی می کردند؛ درست مثل کاری که امروزه با روح انسان‌های فقیر انجام می‌دهند).

این نظم و ترتیبِ ظاهرا ساده، پیچیده‌تر از آن بود که فکرش را می‌کردم. یکدفعه چیزی به خاطرم رسید. جرقه‌ای در ذهنم روشن شد و آن، نابودی هرچه آدم و حیوان و گیاه و جنبنده از روی زمین بود تا از این به بعد خطری، لذتی، رنجی و در نهایت مرگی، کسی را تهدید نکند. خواستم همین را به زبان بیاورم، نتوانستم. دوباره نشستم سر جام روی پله‌ها. یعنی به یاد مادرم افتادم. نمی‌توانستم نابود شدنش را تصور کنم. عقلم به جایی قد نمی‌داد. خسته شدم. غول هم خسته شده بود. لابد در تمام زندگی غولیش، اربابی به خرفتی من پیدا نکرده بود.

– : من نمی‌دانم چه آرزویی دارم، نمی‌دانم... فرصت ندادم غول یک کلمه حرف بزند؛ با عصبانیت چراغ را از دسته‌اش گرفتم و پرت کردم ته گنجه، گنجه را قفل کردم، چهارتا وسیله‌ئ دیگر هم گذاشتم روش و خوب که چفت شد از زیرزمین بالا آمدم.

مادر و پدرم برگشته بودند. مادرم پرسید: «کجا رفته بودی؟» نگاهش غم داشت.

پدر گفت: «بی‌بی تمام کرد.»

مادرم نشست یک گوشه، کف‌دست‌ها را گذاشت روی صورتش و زار زار شروع کرد به گریه‌کردن. پدرم آه می‌کشد. من نیز به گریه می‌افتم.

از کجا معلوم بتوانم با همسرم زندگی خوبی داشته باشم؟ به فرض این اتفاق بیفتد؛ باید یکی مثل خودم را امالهٔ خیابان‌ها کنم که مثلا کدام قبرستان را فتح کند؟

کار، پول، زندگی بی دردسر: همه ئ اینها را به چشم‌برهم‌زدنی مشاهده می‌کردم. تصاویر رنگارنگ آن استوانه‌ی نوری را انباشته بود. شاید روزی همهٔ این تعلقات از بین برود. آن موقع حسرتی بیش از نداشتن‌شان بر دلم می‌نشیند. غول کماکان معلق مانده بود. فکر کردم: تغییر آرزوهای خودم به آرزوی مردم... نه، این یکی هم نیست. فهمیده بودم که سعادتِ یک گروه باعث بدبختی گروهی دیگر می‌شود. یاد حرف‌های پدربزرگم افتادم؛ عقیده داشت انسان موجودی حریص است و هر چه خوشبخت باشد قانع نمی‌شود و بدبختی‌های بیش‌تری را رقم می‌زند.

دیگر ذهنم به جایی قد نمی‌داد. بی‌هوا چراغ‌قوه را کف دستانم قل می‌دادم و نورش را از این سو به آن سو می‌تاباندم. آیا امید و آرزو برای من از بین رفته بود؟ حتی به یاد حیوانات افتادم. با خودم گفتم چقدر خوب می‌شد اگر انسان‌ها آن بیچاره‌ها را برای سیرکردن شکم‌شان به کشتار و هلاکت نمی‌کشاندند. دیدم این هم شدنی نیست. دایی کوچکم می‌گفت: ((اگر حیوانات نبودند، احتمالا آدم‌ها یکدیگر را برای غذا شکار می‌کردند و آدم‌های ثروتمند آدم‌های فقیر را

گفت: "یعنی می‌توانی بیست سالِ بعد را که تقریبا یک جوان سی‌ساله شده‌ای درک کنی؛ اینطوری راحت‌تر آرزو می‌کنی". و ناگهان بشکن زد و من خودم را در حصار هاله‌ای از تصاویر متعدد تصور کردم. چیزی شبیه یک تونل بلند و دراز که تجسم خارجی نداشت، دور و برم را احاطه کرده بود و مرا در خود فرو می‌بلعید. هویتی از من در آن هالهٔ ذهنیِ تونل‌مانند قرار داشت که می‌توانست گذشته یعنی زمانِ فعلی را ببیند و به این ترتیب من به طور همزمان در سه زمان حال، گذشته و آینده به سر می‌بردم و این اولین‌بار بود که تصوراتم رنگ واقعیت به خود می‌گرفت. آرزوهایم را با خود مرور می‌کردم و گاهی به غول خیره می‌شدم. یاد وقتی افتادم که دلم می‌خواست یک دوچرخه داشته باشم. پدرم دوچرخه را برایم خرید؛ لذت‌اش دوامِ زیادی نداشت. چندباری هم که زمین خورده‌بودم و سر و صورتم داغان شده بود. از خدا خواستم یک کامپیوتر بهم بدهد. کامپیوتر را داد. صاحب کامپیوتر و متخصص ویندوزعوض کردن و اینستال-آنیستال هم شدم؛ افاقه نکرد. من از بین آن هاله‌ی استوانه‌ای‌شکلِ نورانی، به سال‌های مختلف زندگیم پرتاب شدم. روزی را دیدم که از دانشگاه مدرکم را گرفته‌ام: دستمال توالت! باید مثل همین چراغ می‌گذاشتم‌اش خاک بخورد. تا بخواهم به خودم بیایم سرم در آن گودال نورانی به دوار افتاد. زن گرفته بودم؛ چه زنِ بلورینی. مشخص نبود باهاش ارتباط خوبی دارم یا نه. آرزوهای آدم وقتی برآورده می‌شود خساست به خرج می‌دهد.

پیش از آنکه فرصت عکس‌العمل داشته باشم غول با لحنی غرا و تا حدی گستاخانه خطاب کرد: ((در خدمتگزاری حاضرم ارباب.)) دیوارها اندکی به لرزه درافتاد. زمین تکانی خورد و گچ و خاک و سیمان از در و دیوار ریزش کرد. با خودم گفتم این غول است، هرچه باشد من ارباب او هستم. قبل از این، چیزهایی از اطاعت و بندگی غول‌ها شنیده بودم. به زحمت بر خودم مسلط شدم، چراغ را انداختم روی جفت چشم‌های تنگ و باریک غول. چه بدنِ ورزیده‌ای. گوشواره‌های دایره‌ای بزرگ و کلی گردن‌بند و انگشتر هم به سر و صورتش آویزان بود.

– : ((یعنی واقعا هر کاری بگویم انجام می‌دهی؟)) غول جواب داد: ((بله ارباب، ولی فقط حق انتخاب یک آرزو را دارید.))

– : ((من که شنیده بودم غول‌ها تا سه آرزو را برآورده می‌کنند!))

غول گفت: ((خیر ارباب، آن‌ها غول افسانه هستند و بنده‌زاد، غول واقعیت. مگر نمی‌دانید که واقعیت تلخ‌تر از افسانه است، ارباب؟))

بی‌فایده بود و هرچه کردم، غول زیر بار نرفت که نرفت. برای اینکه بفهمم تنها آرزویم چیست، از او خواستم کمی بهم وقت بدهد. غول دست به سینه با آن بدن رقیق بخارآلود و کمرنگش، در هوا آویزان و صبورانه لبخند می‌زد. نشستم روی آخرین پله با خودم فکر کردم. غول گفت تنها ارفاقی که می‌تواند در حقم بکند، این است که برای چند دقیقه بیشتر از سنام بفهمم. پرسیدم چطور؟ غول

فلاکت زده بیایم - شماتت کنم، متوجه یک گنجه شدم. تارعنکبوت و آت و آشغال‌های روی گنجه را تکاندم و درش را باز کردم. نور چراغ‌قوه را انداختم داخلش، چیزی شبیه یک قوری طلایی دیدم. حسابی خاک گرفته بود. لوله‌ای نازک و خمیده به سمت بالا داشت با بدنه‌ای تقریبا کشیده و دراز، و دستگیره‌ی گردی به صورت نیم‌دایره؛ خلاصه همان که بهش چراغ جادو می‌گفتند. چراغ را برداشتم. در گنجه را بستم. با یک فوت محکم حسابی گرد و خاک‌هاش را تکاندم که ناگهان چراغ به لرزه افتاد و شروع کرد به داغ‌شدن.

از شدت حرارت نتوانستم نگه‌اش دارم، پرتش کردم یک گوشه و با وحشت عقب‌عقب آمدم. آنقدر ترسیده بودم که زانوهام قفل شده بود. نه می‌توانستم برگردم نه بمانم. قلبم تندتند می‌تپید، دست‌هام می‌لرزید. نور را انداخته بودم روی چراغ و چراغ مثل گوسفند ذبح‌شده، کف زمین تقلا می‌کرد و حلبی‌اش را تلق‌تولق، محکم به در و دیوار می‌کوبید تا اینکه دودی رقیق و سبزرنگ (که می‌شد آنطرف‌اش را هم ببینم) از لوله‌ٔ باریک چراغ بالا آمد. موجود وهم‌انگیزِ عجیب و قوی هیکلی در برابرم ظاهر شد. از لوله‌ی چراغ بیرون آمده بود و هرچه رو به سقف بالا می‌رفت، پیکره‌اش به آدمیزاد بیشتر شباهت می‌یافت. حتی بی‌شباهت به چینی‌ها نبود. با خط ریش‌های نازک شبیه شاش موش و خط بسیار نازکی از ریش، که چانه‌اش را به دو قسمت مساوی تقسیم می‌کرد، معلق روبه‌رویم ایستاد. به جای پا، باریکه‌ای از دود داشت که از همان لوله‌ٔ چراغ، داخل آن می‌شد.

ولا رفتند که اصلا یادشان رفت یک بچه هم در خانه دارند. دیگر جای معطلی نبود. بلند شدم تا این راز پنهان‌شده در زیرزمین را کشف کنم. بالای پله‌ها ایستادم. به عمق سیاه و غلیظی که فضا و زمان را در خود می‌بلعید، خیره نگاه کردم. پله‌ها هرچه از جلوی در زیرزمین فاصله می‌گرفتند کم‌رنگ‌تر می‌شدند تا جایی که تنها یک گودال سیاه و عمیق، بی‌هیچ لک و نشانه‌ای به چشم می‌رسید. من کاوشگر کوچکی بودم که قصدِ کشفِ ناشناخته‌ها را داشت. با طمانینه آمیخته به وحشت یکی‌یکی پله‌ها را پایین رفتم. پاهایم می‌لرزید. قدم اول را برداشتم، دومی. نور بیضی شکل و شیریِ چراغ‌قوه پیش پام را روشن می‌کرد. از صدای قدم‌های خودم بر پله‌های سیمانی ترسیده بودم. ترس احساس نسیان‌ناپذیری است. هرچه بیشتر پله‌ها را پایین می‌رفتم، در سیاهی غوطه می‌خوردم. پشت سرم را نگاه کردم. حالا این ردیف پله‌های بالا بود که از نظر ناپدید شده بود. وقتی به آخرین پله رسیدم نور چراغ قوه را به در و دیوارهای زیرزمین انداختم. جز چندتا خرت و پرت و آت و آشغال، یک میز شکسته‌ئ درب و داغان، لوستر کج و بدقواره که کنج انباری روی یک سکوی کوچک سیمانی به حال خود رها شده بود، یک ساعت شکسته با عقربه‌های چسبیده به هم و یک تیِ بلند و خلاصه همین وسایل بی‌مایه، چیزی نمی‌دیدم. تا حدی ترسم از بین رفته بود.

زیرزمین کوچک بود و من با یک نورانداختن، توانستم همه جا را ببینم. خواستم برگردم و مادر را با جسارتِ هرچه تمام - از اینکه نمی‌گذاشت به این دخمه‌ی

من و غول چراغ

خانه‌ای که در آن زندگی می‌کردیم یک زیرزمین تنگ و نمور تاریک داشت که
به زندان هارون‌الرشید می‌مانست. چندتا پله‌ی سیمانی و قدیمی می‌خورد و
می‌رفت پایین تا می‌رسید به آن دخمه‌ئ اسرارآمیز. مادرم هیچ‌وقت بهم اجازه
نمی‌داد آنجا بروم، چه با خودش، چه تنهایی. بارها موقع بازی‌کردن توپم افتاده
بود زیرزمین و تا مادر-پدرم کاری براشان پیش نمی‌آمد که مسیرشان به زیرزمین
بیفتد، توپ مفقوده همانجا به حال خود رها می‌شد و آنقدر می‌گذشت و
می‌گذشت که من اصلا فراموش می‌کردم همچین چیزی در زندگیم داشته‌ام.

پدرم مثل مادرم سخت نمی‌گرفت. شبی خودم را به خواب زده بودم. مادرم
فکر می‌کرد واقعا خوابم برده، آهسته زمزمه کرد: ((باید هرطور شده برای
زیرزمین یه در درست کنیم، بچه است. یک وقت نیستیم، کنجکاوه، می‌خواد
بره پایین ببینه چه خبره.)) دوتایی سعی می‌کردند یواش صحبت کنند: ((عیب
ندارد خانوم، زیاد سخت نگیر. از الان باید یه همچین جاهایی بره، یه همچین
رازهایی رو بشناسه تا بعدها که بزرگتر شد، واسه مهم‌ترهاش بُنیه داشته
باشه...)) از آن شب به بعد دنبال بهانه بودم تا یک جوری سرشان را گرم کنم
و به زیرزمین بروم. تک بچه بودم و حواس‌شان بهم جمع بود؛ موفق نمی‌شدم.
تا اینکه یک روز خاله‌ام زنگ زد و گفت حالِ مادربزرگم (مادرِ مادرم) بد شده.
مادرم چادر سر کرده-نکرده، پدرم شلوار پوشیده-نپوشیده، جوری با هول و

تشکم را پهن می‌کنم. زیر پایم بخاری کوچکی روشن است.

**

نشستم روی یکی از همین مبل های راحتی اداری، روبه‌روی او که پشت میزش نشسته بود. داستان من و پدر را براش خواندم. گفت خیلی شخصیتِ جالبی ندارد.

رئیس گاوداری، کارشناس، نمی‌دانم چی صدایش کنم... لم داد به پشتی صندلی و سیگاری روشن کرد: ((مردم ما ذاتا بی‌شعورند. راه پیشرفتِ این مملکت ساختِ مسکن مهر و شاعری و چه می‌دانم این چیرها نیست)). با دقت به حرف‌هایش گوش می‌کردم: ((سر این مرده‌پرستی‌شان دیر به دیر آدم می‌شوند و قَدر زنده‌ها را نمی‌دانند؛ همین خودِ تو!))

- : ((من؟!))

- : ((بله خود تو، همین شخص جنابعالی. دویست سال دیگر برایت آرامگاه می‌سازند و از نقاط مختلف برای شنیدن و دقت در نوشته‌هایت سراغت را می‌گیرند. خودکشی هم اگر کنی هم‌ردیف نویسندگان ملودرام شده‌ای. مردم سرشان درد می‌کند برای این چیزها؛ نویسنده هم پیش‌قدم می‌شود)).

وقتی از دفترش بیرون آمدم حرف‌های کارشناسِ مالک دامداری (این اسم برایش مناسب‌تر بود) را در ذهنم حلاجی کردم. شب خواب‌آلوده و خسته، به اتاقک کوچک و دنجام واقع در همان محله یعنی صالح آبادِ شهرری برگشتم. حرف‌های کارشناسِ مالک دامداری مثل پُتکی محکم و پرقدرت بر سرم می‌کوبید. پووووه... پووووه... باید تصمیم‌ام را می‌گرفتم: یا انتظار، یا احترام.

می‌گذارم رو طاقچه، هر وقت لازم شد برای دل خودم می‌نویسم. به این ترتیب کتاب (من نمی‌دانم) کلاغ تکراری قصه‌هایی شد که هیچ‌گاه به خانه‌اش نرسید. من هم مشغول کار در یک گاوداری شدم. این‌طوری لااقل ذهنم از داستان و داستان‌نویسی و نویسندگی آزاد می‌شد. اصلا خوش به حال همان‌هایی که دنیا را عامیانه نگاه می‌کنند. مگر خاص نگاه کردن چه توفیری دارد جز هیزم داغ و سیخِ برشته‌ای که روزگار می‌کند کونِ آدم؟ کوفت و پیلوت و کاراکتر و پیرنگ؛ باید از اول می‌آمدم در این گاونامه، چکمه پلاستیکی سفید می‌پوشیدم، سه شاخ را برمی‌داشتم و بافه‌بافه کاه و یونجه می‌ریختم جلوی گاوها. خوشبختانه از این یکی کارم راضی‌ام. کارشناسی که صاحب گاوداری است تاییدم می‌کند. مرد خوبی است. یک کمی چاق است و تقریبا کچل. خیلی به زندگی حساسیت نشان نمی‌دهد. یک روز که وارد دفترش شدم بهم گفت: از داستان‌های کتاب‌ات... چه بود اسمش؟

– : من نمی‌دانم!

– : چطور نمی‌دانی؟!

– : می‌دانم... اسم کتابم را گفتم.

– : آره همان، یکی از داستان‌هایش را انتخاب کن، برایم بخوان.

کورخوانده‌اید، اون ممه را خیلی وقت پیش لولو بُرد...)) من مات و مبهوت، با درماندگی جواب می‌دادم: ((آخر ناشر جان، عزیز جان... من کِی برای شهرت و این چیزها نوشته‌ام، چرا مزخرف می‌گویی؟ مگر نوشتن برای این جماعت زنده به گور، باعث شهرت می‌شود؟ غیر از این است که زندگیِ ما همیشه تکراری است؟ روزها آفتاب سر بر می‌آورد و شب‌ها ماه طلوع می‌کند. روزها نقش، بازی و شب‌ها جفت‌بازی می‌کنیم. عمل خوابیدن و دیدن و خندیدن و مردن و گریستن و نقش‌بازی کردن و جفت‌بازی کردنِ ما تکرار است. تاریخ ما تکراری از قتل و جنایت و خون و خاکستر به همراه ذره‌ای کوچک از مهربانی است. همین کتاب؛ اثر یک چلغوز را هزار مترجم ترجمه می‌کنند و ده هزار ناشر مثل شما، با جلدهای رنگارنگ به چاپ می‌رسانند. اینها تکرار نیست؟ حالا من با آوردن چند حرف تکراری که دغدغهٔ همیشگیم بوده، سیم‌خاردار کرده‌ام کون‌تان و خزعبلات می گویم؟ می‌گویید نوشته‌های من را نمی‌فهمید؟ نفهمید، به تخمام. مگر شما تمام راز و رمزهای این جهان را فهمیده‌اید که حالا لَنگ و مُعَطّلِ فهم نوشته‌های من شده‌اید؟)) همیشه بحث و جدل‌های من با ناشر ـ یا ناشران ـ تکرار می‌شد و گاهی تا حد زد و خورد پیش‌می‌رفت. کارشناس‌ها همان ایرادهای تکراری و مخصوص به خودشان را می‌گرفتند. شاید تو سرِ من به جای مغز، پِهِن کاشته بودند؛ هرچه تمرین می‌کردم و می‌نوشتم و می‌خواندم، به خایهٔ باقر هم نمی‌ارزید. گفتم مِهرَم آزاد، جانم حلال؛ پسر بودم دختر شدم، دختر بودم پسر شدم، نویسندگی را می‌بوسم و

می‌خواست گریه کنم، نمی‌توانستم. صفحات کتابم را ورق زدم. من که خیلی خوب نوشته بودم و همه چیز به جا بود: پدرم غیب شد، مادرم روباه. نه، نه، باید چاپ می شدند، این صفحات باید چاپ می‌شدند، استحقاق‌اش را داشتند. یک لحظه دلم به حال نوشته‌هام سوخت. این حروف بی‌جان برآمده از جان، چه فایده، بی‌نتیجه، کبود، بدتر از صدام یزیدِ کافر به چشم اهلِ نظر!

نمی‌دانستم ایراد از حرفهٔ نویسندگی است، یا منِ فلک‌زده؟ وقتی به هنرهای دیگر نگاه می‌کردم می‌دیدم که چقدر سیاهی لشگر در آنها وجود دارد. حالا برای چاپ کتاب و رسیدن به دروازه‌های آن، باید از بهترین‌ها باشی تا شاااید خری پیدا شود و دوازده درصد حق‌الزحمهٔ نویسندگی را کف دستت تُف کند و به هزار منت، زیر پر و بال‌آت را بگیرد. انتشارات آنقدری بود که بتوانم شانسم را امتحان کنم. فردا رفتم پیش یکی دیگر و بعد از مدتی جواب منفی، دوباره پیش یکی دیگر و دوباره یکی دیگر و دوباره یکی دیگر تا اینکه سال‌ها از عمرم سپری شد و گوشم پر از جواب منفی شد. همه ئ ناشرها ـ چه پول‌دوست، چه هنردوست ـ اثر را مناسب انتشار ندیده، به اتفاق می گفتند: ((در نوشته های شما آنقدر تکرار به کار رفته که خواننده را زده می‌کند! هزار بار یک کلمه یا موضوع را تکرار کرده‌اید. همه‌اش دم از نمی‌دانم و دود سیگار زده‌اید. از همه مهم‌تر! برای تاویل نوشته‌هاتان باید کلی به این در و آن در زد تا فهمید چه می‌گویید. این‌ها داستان نیست؛ خزعبلاتی است که برای شهرت خودتان نوشته‌اید! خیال کردید ما اجازه می‌دهیم به شهرت برسید؟

می‌خندم. کتابم را گذاشتم زیر بغلم. رفتم همان جایی که پاتوق اهل نشر بود: نشر ملنوس، نشر تشنه، نشر داری، نشر ماری...

یکی از آنها اعتبار جالبی داشت. هم شناخته شده بود، هم قدرت پخشِ خوبی داشت، هم نفوذش در آن سازمان مرموز ـ که یک معضل دیگر بود ـ مناسب بود.

کتاب را به ناشر تحویل دادم. ناشر گفت حداکثر تا یک ماه دیگر که اتم را شکافتیم، پاسخ می‌دهیم. آمدم منزل. با کلی دلهره و نگرانی که بالاخره کِی این اتم شکافته می‌شود، بست نشستم توی اتاقم و تحصّن کردم. گاهی این وسطها به فالنامه رجوع می کردم. یکبار هم پیش کف‌بین و رمّال رفتم. کلافه و سردگم با یاس و ناامیدی، به پاسخ منفی ناشر فکر می‌کردم: راستی اگر اثرم را پذیرش نمی‌کردند؟ نه، نه، من خوب نوشته‌ام، حتما منتشر می‌کنند... خودم به خودم دلداری می‌دادم. یک ماه گذشت. هیچ خبری از ناشر نشد.

دل زدم به دریا و گوشی را برداشتم و به انتشارات تلفن کردم و... از پشت خط، جواب ناشر را شنیدم: ((متاسفانه کارتون رد شده)). اَمان از غریبی. انگار همهٔ دنیا و مافیهاش روی سرم آوار شده بود. سرم گیج رفت. با یک خداحافظی بی‌روح، گوشی را قطع کردم. ناامید روی تختم دراز کشیدم یا بهتر است بگویم مچاله شدم. دلم

بهتر است! برو ببین برای چه کاری ساخته شده‌ای؟ اگر استعداد نوشتن نداشتی غصه نخور؛ همه که هنرمند نمی‌شوند. ما یک گاوداری داریم، دنبال چندتا کارگر می‌گردیم. اگر خواستی، بیا آنجا و پیش ما کار کن. اینطوری، هم برای آن زبان‌بسته‌ها یونجه ریختی، هم به زَر و زندگیت سر و سامانی بخشیدی.)) با همه‌ئ یکه‌دویدن‌ها دلم نمی‌خواست بپذیرم که نوشتن در وجودم نیست. سعی کردم هر طور شده این هنر را در خودم اثبات کنم. دوباره شب و روز، روز و شب، خواندن کتاب‌های سانسوری و مختلف را از سر گرفتم. از زنده و مرده تا مرد فقید که ناامید بود و روانشناسی که امیدوار؛ همه را مطالعه کردم. تمرین‌هام را در نوشتن زیادتر کردم و اینبار بدون مراجعه به کارشناس یا هر منتقدی، کتابی را برای انتشار آماده کردم. شیوه‌ئ کار به این ترتیب بود: پیش جماعتی بروم یحتمل سخت‌گیرتر از کارشناس‌ها؛ جماعتی متفرق و پراکنده از هم، یکی اینجا یکی آنجا؛ جماعتی که نوشته‌های مختلف را در زمینه‌های گوناگون به چاپ می‌رساندند. برخی از آنها برای شهرت و ثروت و برخی صادقانه، به این حرفه روی آورده بودند. با توجه به کتاب‌هایی که به نظرم ارزش خواندن نداشت و بی‌رحمانه با شمارگان بسیار به چاپ می‌رسید، این توان را در خود دیدم که دست به کار شوم. تعداد ناشران به قدری بود که اگر سال‌ها خیابان‌ها را مرور می کردم، تمامی نداشتند. حدس زدم از این همه ناشر، یکی‌شان حاضر به چاپ کتابم می‌شود و آن موقع یک بیلاخ گنده حواله‌ئ هرچه کارشناس و منتقد می‌کنم و به ریش خودشان و پدرِ پدر جدّشان

و کتاب فاخر شده بود. اگر کسی این مسئله را رد می‌کرد، یا سرمایه‌اش را در خطر می‌دید، یا انتخابش را. دلم نمی‌خواست به اسلوبِ امروزی بنویسم و رنگ تمدن بگیرم. چه لزومی داشت در فلان داستان از جانب کسی قضاوت نکنم یا اگر قضاوت می‌کنم، با یک حدس و گمان ساده و آوردن کلماتی نظیر (شاید، انگار، گویی، به نظر می‌رسد و...) سر و تهاش را هم بیاورم؟! اما زندگی متمدنانه فرق می کرد. کسب علوم این تمدن لازم بود. باید کتاب‌های بیشتری مطالعه می‌کردم. پس با زبانی که نصف بیشترش به بیگانه تعلق داشت به استقبال فلسفه رفتم. جملات ترجمه شده با یک تریلی کسره (همان تتابعِ اضافات فضلا). لغاتی که به عنوان معادل ساخته می‌شدند با معانی نامعلوم. کتاب‌هایی که از جانب یک سازمان مرموز منتشر نمی‌شدند یا اگر می‌شدند، نه تنها چیزی بر معلوماتم اضافه نمی‌کردند، همان چُس‌مثقال دانشی را هم که داشتم، مثل سرنگ از دو طرف شقیقه‌هام بیرون می‌کشیدند!

چاره‌ای نداشتم. شب را به روز و روز را به شب رساندم. در حدی که در توان داشتم به مطالعهٔ کتاب‌های مختلف پرداختم. بعد از مدتی، فکر کردم پخی شده‌ام. خودم را یک آدمْ حسابی فرض کردم و گفتم اینبار نه تنها مردم، که حتی کارشناس‌ها نیز به نوشته‌هایم اهمیت می‌دهند. چندتایی‌شان را بردم پیش استاد محل، چند روز بعد از خواندن گفت: ((صاحب سبک شده‌ای و بدک نیست، هرچند ما خوشمان نیامد...)) آن یکی استاد مثل سگ هار پرید بهم و تند شد که: برو برو برو؛ چخه! اصلا خوشم نیامد. دیگری گفت: ((اگر ننویسی

من و نمی‌دانم

با خودم گفتم اینبار حتما استعدادم را کشف می‌کنم. پس آنقدر گشتم و گشتم که سر سوزن ذوقی استعدادِ نوشتن در وجودم پیدا شد. شروع کردم به نوشتن. شبانه‌روز می‌نوشتم. اوایل، کلمات را از روی احساسات کنار هم می‌گذاشتم. از این کار لذت می‌بردم. خودم را در قامت یک مدعی فرض می‌کردم. با غرور و سرسنگین از پله‌ها بالا می‌رفتم؛ انگار به عنوان یگانه نویسندهٔ ایرانی جایزهٔ نوبل ادبیات را برده بودم. غرورم را برخی از عام و خاص و کسانی که نوشته‌هایم را می‌خواندند، با به‌به و چه‌چه‌گفتن بیشتر هم می‌کردند.

کارشناس‌ها و منتقدین ادبی ـ یا همان‌هایی که معمولا چاق و کوتاه‌قد، یا لاغر و قدبلند هستند ـ به این نوشته‌ها خیلی اهمیت نمی‌دادند. اگر اکثر مردم از چیزی خوششان بیاید، به محض رد شدن همان چیز از سوی کارشناسان یا جمعیت اقلیت، مردم (حداقل در برهه‌ای از زمان) خود را با حرف و حکم این گروه همساز می‌کنند. می‌خواهند ببینند که این گروه اقلیت، کدام اثر را تایید و کدام را رد می‌کند تا ایشان نیز همان اثر را بخوانند، یا نخوانند. به پیروی از همین دهان‌ها، فهمیدم داشتن احساساتِ صرف کافی نیست. احساسات، خامیده‌ای از استعداد است و باید پخته شود. باید از اسلوب نوشتاری گذشته فاصله می‌گرفتم. داستان و حکایت و مقاله و اینجور چیزها باید رنگ و بوی تمدن می‌گرفت. تمدن در زمانهٔ پرآشوبِ من باعث و بانی قتل موسیقی، سینما

جوان زیبارو تاکید کرد: ((لذت‌های اینجا با آنجا فرق می‌کند. اینجا هیچ کس فقیر نیست و همه در آسایش به سر می‌برند. ما به ایده‌های شما از برابری انسان‌ها جامهٔ عمل پوشانده‌ایم و فقر و ناعدالتی را از بین برده‌ایم.))

با شنیدن واژهٔ زُمُخت و نخراشیدهٔ فقر، چراغی در کورسوی ذهنم روشن شد. به یاد کودکی افتادم که سال‌ها قبل او را پشت چراغ قرمز دیده بودم. آن موقع سر چهارراه‌ها می‌ایستاد و خار (اگرچه به چشم ما گل) می‌فروخت. با آن دست‌های کوچک و نحیفِ آفتاب سوخته‌اش، دسته‌دسته خار در بغل می‌گرفت، از این خودرو به آن خودرو، می‌رفت پشت شیشه به راننده التماس می‌کرد از خارهایش بخرد تا شاید بتواند پول یک کلوچه را دربیاورد. از اول هم باید دنبال آن کودک فقیر و نگاه تپنده از فقرش می‌گشتم. دلم می‌خواست پیدایش کنم، او را بر شانه‌هایم بنشانم و خوبستان را نشان‌اش بدهم. دشت‌ها، صخره‌ها، جویبارهای روان و خوش‌طعم عسل و شیر... همه جا را نشان‌اش دهم و به او بگویم: دیدی، دیدی بعد از هر سختی، آسانی وجود دارد؟ پس سوال کردم: ((می توانم یک نفر را ببینم؟)) جوان زیبا گفت: ((چه کسی را؟)) مشخصات کودک را تا جایی که یادم بود به او گفتم. جوان با ناراحتی سرش را پایین انداخت، آهی کشید و گفت: ((عذرخواه شما هستم ارباب، این امکان وجود ندارد... کودک به جُرمِ غیبت و دروغ و ناپاکی، در بَدِستان به سر می‌بَرَد.))

***

به نظر جوان باید از این پیشنهاد راضی و بسنده می‌شدم. ناامیدانه گفتم: ((اینها که می‌گویی خوب است و مخالفتی ندارم، اما تازه نیست، یعنی خارج از تصوراتِ من نیست. تمام این کارها را قبلا انجام داده یا تصور کرده‌ام. و تو گفتی که می‌دانی قبلا کجاست، درست است؟))

جوان گفت: ((بله، البته که می‌دانم...)) او به چند زن زیبا اشاره کرد که در آن دشت خرم، روسری‌هایشان با وزش دل‌انگیز نسیم به حرکت درآمده، با رقص و شادمانی در پی هم می‌دویدند: ((این لطایف صنع الهی را ببینید؛ میزان‌الحکمتند و شما ارباب، اربابِ خوبستانی‌ام، می توانید با هر کدام که بخواهید بی‌هیچ مزاحمتی، همخوابگی کنید.)) گفتم: ((ولی من که قبلا زن داشته‌ام! این دیگر چه جور جایی است که زنِ آدم را می‌گیرند و به جایش از اینها می‌دهند؟))

جوان گفت: ((موردی ندارد، اگر نمی‌خواهید این را هم تجربه کنید می‌توانید شراب‌های گوارا بنوشید و مست نکنید.)) گفتم: ((نه، نه، اینها که خارج از تصور قبلی من نیست؛ قبلا هم نوشیدنی گوارا به اندازه‌ای که آدم را مست نکند وجود داشت... تازه! کارهایی که این آدم‌ها با نوشیدن شراب اینجا، خوبستان... خوزستان... نمی‌دانم... خلاصه کارهایی که این آدم‌ها با نوشیدن شراب اینجا انجام می‌دهند، به مراتب بدتر از شراب‌های طرفِ ماست.))

منظورم را از قبلا متوجه می‌شوی... جز اینها هنوز چیز جدیدی نتوانسته‌ام ببینم. انگار همانندسازی شده؛ تجربیات قبلا را... و شما می‌دانید که قبلا چیست؟ انگار تجربیات گذشته را پیش رویَم حاضر کرده‌اند؛ کلافه و بی‌طاقت شده‌ام. چیزی تغییر نکرده. یعنی این بود خوبستان؟ به قول شاعر که می‌گوید: این بود زندگی...)) حرف‌هام که تمام شد زورکی لبخندی زدم، بلکه تندی لحن و گِله و شکایت بی‌شمارم را کم کرده باشم. جوان با مهربانی گفت: ((اینجا همان‌جایی است که به پاس یک عمر تلاش، به انسانهای مستحق می‌بخشند. در اینجا شما آزاد هستید که به هر جا دلتان می‌خواهد، بروید.))

گفتم: ((آزاد؟ من قبلاها... و تو می‌دانی قبلا چیست، درست است؟ (جوان پلک‌هایش را بر هم گذاشت) قبلاها، آن پایین، وضع مالی بسیار خوبی داشتم و به هر کجا دلم می‌خواست می‌رفتم. چیز جدید، چیز تازه‌ای به من بگو، چیزی که تا به حال نشنیده یا ندیده باشم.))

جوان مشتاقانه گفت: ((بسیار خب، یک پیشنهاد عالی برایتان دارم. شما می‌توانید از هر چه می‌خواهید، با آرامش و بدون هیچ نگرانی میل فرمایید. اگر به سمت نواحی شمالیِ خوبستان بروید می‌توانید ضمن استراحت و لذت از طبیعت بکر آنجا، از جوی‌های شیر و عسل که از کوه‌هایی از جنس شکلات روان شده‌اند نوش جان فرمایید.))

جیک‌جیک گنجشک‌ها و آواز مرغان و پرندگان از جوان زیبا پرسیدم: ((معذرت می‌خواهم، سوالی از شما داشتم... اینجایی که ما ایستاده‌ایم اسمش خوبستان است، درست است؟)) جوان به مرواریدی در صدف می‌مانست. چشم‌های آبی آسمانی، صورتی پاک، موهایی سیاه و گونه‌هایی به رنگ سرخ داشت. آستین‌ها و سر زانوهاش را مرتب کرد و با خونسردی جواب داد: ((بله ارباب، همینطور است، اینجا خوبستان است. شما بدون اطلاع به اینجا تشریف آورده‌اید؟)) جوان با طمانینه و در عین شگفتی، دو جام بلورین در هوا ظاهر کرد، جام‌ها را لبریز از یک بشکهٔ بسیار بزرگ شراب، در یک سینی طلاییِ چشم‌نواز و درخشنده گذاشت و پیش آن دو زن برد. من با کمی فاصله و چند قدم عقب‌تر به دنبالش راه افتادم: ((می‌شود بیشتر مرا راهنمایی کنی که چرا به اینجا خوبستان می‌گویند؟)) جوان زیبا گفت: ((چشم ارباب. اجازه فرمایید این جام‌ها را به آن دو بانو تقدیم کنم، برمی‌گردم و به شما خدمت می‌کنم.)) او سینی را پایین تخت گذاشت. به هر کدام از آن دو زن که کم‌وبیش چهره‌شان برایم آشنا بود - فقط حوصله نداشتم بدانم کی هستند - ، جامی از شراب تقدیم کرد و با نیمچه تعظیمی، نزد من برگشت.

- : ((راستی، شما چیزی میل دارید برایتان بیاورم؟!))

- : ((خیر نیازی نیست. فقط می‌خواهم چیزی را برایم توضیح بدهی. وقتی به اینجا آمدم، نتوانستم جز همان کوه‌ها و دره‌ها و جنگل‌هایی که قبلا دیده بودم...

رفتار حاج قلی تندتر از قبل شده بود. طاق‌باز و لخت و عور افتاده بود روی تخت با شکم چاق و جلوآمده‌اش، مثل خوک خرناس می‌کشید. موقع بالا رفتن قفسهٔ سینه، شکمبه‌اش شَرَق‌شرق صدا می‌داد. شاید زیادی مشروب خورده بود. گفتم سگ خورد، به حال خودش رهاش کردم و آمدم از خیمه‌گاه بیرون: ((مگر اینجا خوبستان نیست؟ چطور توانستم فحش بدهم؟)) نگاه کردم دور و بر کسی را می‌بینم؟ حدس می‌زدم از درونم خبر دارند. فقط سکوت و آرامش بود. به تیر چوبیِ قطور و محکمی که با میخ طویلهٔ بزرگی بر زمین کوفته‌شده و یک سرِ طنابِ خیمه‌گاه را دور آن گره زده بودند، تکیه دادم، آرام آرام زانوهام را خم کردم و شبیه مادر مُرده‌ها چمباتمه نشستم. هیع... نشستن هم علاجِ خلا درونی من نبود. بلند شدم، راه رفتم. در سرتاسر این دشت سرسبز و سرزنده که پر از شور زندگی بود، از این کران تا آن کران و در حواشی افق، نوارِ زردرنگِ جاده‌ای که گویا به آسمان می‌رفت، کشیده شده بود. همه چیز تازه و شاداب بود و من یگانه جهنم را در سینه‌ام به اینطرف و آنطرف حمل می‌کردم.

در حاشیهٔ سمت راست چشمم به جوانی خوش‌سیما و خوش‌اندام افتاد. دشداشه‌ای حریر و جواهرنشان به تن داشت و مشغول خدمت به آن دو خانم زیبا بود. آن دو زن، با شکوهی خاص روی تخت گرانبهایی لمیده بودند. مرد گاهی براشان خوردنی و نوشیدنی می‌آورد و در مدتی که آن دو مشغولِ حرف‌زدن با یکدیگر می‌شدند، به نوبت کف‌پاهاشان را می‌بوسید و ماساژ می‌داد. صبر کردم. اینبار که بلند شد، خودم را بهش رساندم. همصدا با

خلنگزارها، بیشه‌زارها و درختان سرسبز و همان‌هایی که موقع فرود آمدنم بر زمین دیده بودم؛ همان موقع که با یک نفر کامل شدم و نمی‌دانم‌هایم آغاز شد. جابه‌جای آن منطقه سُرادق‌ها و اریکه‌هایی به چشم می‌آمد و جماعت به عیش و عشرت مشغول بودند. گروهی نظیر فاحشه‌ها یا همان خواهرانِ دروغینم (صد البته بدتر از ایشان) به کارهایی نامعلوم می‌پرداختند. انگار در خوبستان فراخور اسمی که داشت، قباحت هم خوب، دانسته می‌شد.

در اندرونی یکی از خیمه‌گاه‌ها مشرف به دشتی نشاطانگیز، حاج قلی با جام شرابی و نغمهٔ رامشگرانی که به نازبالش‌های اعیانی گران‌قیمت تکیه زده بودند، بر اریکه‌ای سلطنتی روی زنی افتاده بود و تا می‌توانست او را می‌بوسید و می‌لیسید. بنده خدا از بس عرق می‌ریخت شبیه اسکاچ، خیسِ آب شده بود. تندتند نفس‌نفس می‌زد. بدن چرب و عرق‌کرده‌اش را بر عقب–جلوی آن زن می‌سابید. جست‌وخیزش که تمام شد، احتمالا برای هواگیری، طاق‌باز یک گوشه از تخت وارفت و بی‌رمق افتاد.

رفتم پیش‌اش و با سلام و احوال‌پرسی گرمی گفتم: ((بنازم کمرت را حاج قلی که الحق حاجی و قلی هستی... اینجا هم وِل کُن نیستی؟)) حاج قلی گردنش را به زحمت کمی بالا گرفت و با دست مرا پس زد: ((باز که تو اینجا پیدات شد؟ دِ برو دیگر، برو یکی را پیدا کن و بهش رسیدگی کن، چه از جانم می‌خواهی؟!))

پدر هم تا آن موقع که زنده بود و خواستِ نویسنده خاکش نکرد، پشت سرم غیبت می‌کرد. من با خیلی از همین آدمهایی که تو صف ایستاده بودند نمک خورده و نان در روغن گذاشته بودم؛ دست آخر غیبتم را کرده بودند.

در نهایت چشمِ هیز و لیز! به خاطر ندارم... هر کاری کردم کثیفیش از کثیفی جاروی رفتگرها کمتر بود. وقتی با هول و هراس تو آن راهروی تاریکِ بدطول می‌دویدم و مظلومانه کنار آن سوراخی مشبک می‌ایستادم، به چیزی جز قسمتم فکر نمی کردم؛ نه، نه، چشم های من هیز نبود، تا جایی که وامانده را کندَم و دور انداختم. اینها را برای مرد پرسشگر تعریف کردم. او بی‌آنکه اصلا نگاهم کند، روی یک برگهٔ کوچک چیزهایی نوشت، امضا کرد و داد دستم: ((به خوبستان خوش آمدید...))

با همراهی دو جوان زیبا و خوش‌اندام، به سراپرده‌ای وارد شدم که بعد از آن یک راهروی مجلل و زیبا قرار داشت و سپس خوبستان. ورود به خوبستان می‌توانست شناخت و البته دیدنِ همان چیزهایی باشد که نه تنها من، بلکه تاریخ بشر شوق دیدن‌شان را داشت. با خودم گفتم آدمها تاریخ را برای رسیدن به خوبستان، آفریده‌اند و حتما اینبار چیزهایی جدید تجربه می‌کنم. دیدم ای دل غافل... تکرار مثل بختک سبز و بوگندو، هم بختِ من بیچاره خلق شده و در اینجا هم چیزی غیر از آنچه پیش از این دیده بودم، نمی‌توانم ببینم. پرنده‌ها همان پرنده‌ها، شاید کمی خوشگل‌تر. رودخانه‌های خروشان و پر آب،

- : ((پس تا تو فکرهایت را بکنی، یک نخ سیگار می‌کشم)). خیره به دود رقصان و کمرنگ سیگار که در آن هوای آزاد تقریبا نامرئی بود، سعی کردم در پستوی ذهنم کندوکاو کنم.

اول از همه دروغ: بیشتر شنیده بودم تا گفته باشم. معلم بهم دروغ گفته بود؛ او هر چی یادم داده بود، دروغ بود. مادرم دروغ گفته بود که شام درست کرده و قابلمه‌اش خالی بود. از همه مهم‌تر گاهی خودم هم از زبان خودم دروغ می‌شنیدم.

غیبت: این هم بیشتر پشت سرم کرده بودند تا کرده باشم. یادم است همین حاج قلیِ بقّال، چند بار سر چقالی با قوالی، غیبتم را کرده بود. یا او که عاشقانه دوستش داشتم و شب‌ها به آغوش‌اش پر می‌کشیدم؛ مرا مثل یک شیشه‌ٔ ترک خورده‌ٔ بیچاره، خرد و خاکشیر کرد و زیر پاگذاشت و نیست و نابود کرد.

حتی مادر! او که می‌گفتند اسطوره‌ٔ پاکی‌هاست پشت سرم غیبت می‌کرد و همینکه تو روش می‌زدم، هزار و یک جور بهانه می‌آورد و می‌گفت: ((نه، اصلا، کِی همچین حرفی زدم؟ به فرض هم زده باشم، مادرت هستم و خیر و صلاح تو را می‌خواهم.)) غافل از اینکه صَلاح او، سِلاح مردمِ نادان کوچه خیابان می‌شد و آنها کلوچه‌های خوشمزگی‌شان را به سمت من پرتاب می‌کردند.

نامه‌ات را می‌نویسم، برو خوبستان. حاج قلی با کلی شوق و ذوق، مثل فنر از جا پرید، ورقه‌ی سفیدی را گرفت و بامشایعت دو جوان زیبا که جامهٔ حریر سفید بر تن داشتند، ناپدید شد. پرسشگر داد زد: نفر بعد! با وجود اینکه نظم صف را به هم زده بودم، نوبت به خودم رسید. خودم را تنهاتر از همیشه، حتی تنهاتر از وقتی که سرِ قبرم ایستاده بودم احساس می‌کردم. نگران بودم و مضطرب که یک‌وقت دست و پاهام را گم نکنم. بیشتر از کلاه مرد واهمه داشتم که خودی با دو شاخِ روییده بر آن بود. راستی چرا از همان اول متوجه کلاهش نشده بودم؟ مرد سوالاتی را که از حاج‌قلی و احتمالا دیگران پرسیده بود، از من هم پرسید: ((اسم؟)) گفتم: ((نمی‌دانم.))

- : ((واقعا نمی دانی یا الکی نمی‌دانی؟))

- : ((نمی‌دانم.))

- : ((وقتی بودی، دروغگو نبودی؟ غیبتو چی؟ یا مثلا هیز و چشم‌لیز... هیز و چشم‌لیز نبودی؟))

با شنیدن این سوال به یاد قدیم‌ترها افتادم؛ وقتی که یادم رفته و نمی‌دانم کِی بود. برای سه سوالی که از من پرسیده شده بود تجربه‌های متفاوتی داشتم که هر کدام جوابِ سوالات بسیار بودند. از مرد خواستم بهم فرصت بدهد.

ایمان داشتم او خودِ خودش است. همان شکم گنده‌ای که با پول اهل محل چاق شده بود؛ چشم های تیز با رنگ هیز. ناخن‌های چرک، آب دهانی که موقع حرف‌زدن از لب و لوچه‌اش راه می‌گرفت؛ در اینجا هم که نمی‌دانستم کجاست این همه شباهت غیر ممکن بود! به مصلحت نبود بیش از این پاپیِ حاج قلی شوم، حرفی نزدم. صف همینطور پیش می‌رفت تا نوبت رسید به حاج قلی. همانجا روی یک صندلی، جلوی قصابِ پرسشگر لم داد و برای اینکه شکم گنده‌اش به لبهٔ میز برخورد نکند، پایه‌های صندلی را کمی به عقب کشید. مرد پرسشگر با دستی به ابروهای پرپشت‌اش، آنها را مرتب کرد و با لحن عاری از احساس سوال کرد: ((اسم؟)) حاج قلی فورا گفت: ((حاج قلی بقال.)) زیاد ازشان فاصله نداشتم و صدایشان را می‌شنیدم. مرد پرسید: ((واقعا حاجی شدی یا الکی این اسم را برایت انتخاب کردند؟))

حاج قلی طلبکارانه گفت: ((این چه فرمایش است قربان؟ معلوم است که واقعا حاجی شده‌ام!))

پرسشگر اینبار سوال کرد: ((آیا وقتی آن طرف بودی، دروغگو نبودی؟ غیبتو چی؟ هیز و چشم لیز، هیز و چشم لیز چه، نبودی؟)) حاج قلی با قیافه‌ای حق به جانب گفت: ((این چه فرمایش است قربان؟ ناسلامتی حاجی هستم، ببینید! (و جای پینه پیشانیش را به مرد پرسشگر نشان داد) شما چطور انتظار دارید همچین کارهایی کرده باشم؟)) بیش از این سوالی پرسیده نشد. پرسشگر گفت

صدای گوش‌خراشِ ناله و فریاد آن بیچاره‌ها بلند می‌شد. به کجا می‌رفتند؟ نمی‌دانم.

این مراسم در دشتی سبز و گسترده برگزار می‌شد و جز تک درختی که سایه‌اش بالای سر آن مرد گسترده بود، همگی از جمله خودم زیر آفتاب سوزنده و داغ ایستاده بودیم.

چهره‌ها در هم و گرفته بود. یکی با ناامیدی می‌گفت: حالا می‌خواهیم چطوری جیغ بکشیم؟ چند نفری نگاهش کردند. خوبیش این بود که کسی زیاد حرف نمی‌زد و با پشت سریش کاری نداشت. از یک مردِ سیاه‌پوست که روی پوست تیره‌اش رگه‌های نامنظم چرک و زخم دیده می‌شد سوال کردم: ((شما می‌دانید ما کجا هستیم و اینجا کجاست؟)) سیاه جوابی نداد. بِر و بِر ایستاد به نگاه کردن. زبانم را نمی‌دانست، شاید. یک سری کلمات عجیب غریب بلغور کرد که اصلا نفهمیدم چی گفت. چشمم افتاد به حاج قلی بقال. او هم توی صف ایستاده بود! خوشحال شدم.

با کلی شوق و ذوق صف را به هم زدم و خودم را رساندم به حاج قلی. نه محکم نه یواش، قائم کوبیدم رو پشتش و خودم را بهش معرفی کردم. حاج قلی اصلا من را نشناخت.

- : ((چطور ممکن است؟ مگر تو همان قلی‌بقّالِ چقّال‌فروش نیستی؟))

- : ((چرا، خودم هستم و تو را نمی‌شناسم.))

شاعر از جنس نمی‌دانم‌ها بود. همیشه می‌گفت: ((زندگی را دوست دارم، ولی از زندگیِ دوباره می‌ترسم...)) نمی‌دانم چه اتفاقی افتاد که من هم ترسیدم. شاید از مدت‌ها پیش مرده بودم و شستِ پفیوزم حالا خبردار شده بود که مرده، نمی‌دانم...

تا چشم باز کردم مردی درشت و ورزیده با شانه‌های پهلوانی روبه‌رویم ایستاده بود. یک پیش‌بند چرمی قهوه‌ای‌سوخته - انگار روش لکه‌های خون و روغن پاشیده باشند - بر سینهٔ فراخش آویزان بود که با آن بیشتر به قصاب‌ها شباهت می‌یافت. مرد پشت یک میز نشست تا به امور مراجعین رسیدگی کند. ریش و سبیل بلندِ مشکی داشت و موهای بلندش تا روی شانه می‌ریخت. مردم با لباس‌های سفید و گاهی رنگارنگ روبه‌روی مرد درشت‌اندام می‌نشستند، او چندتا سوال از آنها می‌پرسید و خیلی زود، روی یک برگه -هم‌اندازهٔ کف دست- چیزی می‌نوشت و دستشان می‌داد.

خیلی‌ها با دیدن کاغذ انگار از باتلاق پریده باشند؛ شادمان از جا می‌پریدند و جیغ و جوغ به راه می‌انداختند. هیجانِ فروخوردهٔشان که خالی می‌شد، با نهایت ادب و احترام توسط چند نفر مورد استقبال قرار می‌گرفتند و مشایعت می‌شدند. به کجا؟ نمی‌دانم. یک عده هم این وسط مادر مُرده بودند؛ تا می‌خواستند از جا بلند شوند دو سه نفر که سر تا پا سیاهِ پوشیده بودند، آنها را از یقه می‌گرفتند و کشان‌کشان با خود می‌بردند و در هوا ناپدید می‌کردند!

من و من

تک و تنها پایین سنگ قبر سیاهم ایستاده بودم. کسی نبود و اگر بود، نمی‌دیدم. شاید هم بود و او، من را نمی‌دید. چه فرقی داشت؟ خودم از سوال خودم خنده‌ام گرفت. آمدم به شوخی بزنم کف سرم، سرم از دستم رد شد، حال خوشی بهم دست داد. یک جور وِیرَم گرفت و کِیف می‌داد.

روی سنگ قبرم با خط نستعلیق طلایی، درشت و خوش‌خط، از گوشهٔ سمت راست به وسط سنگ، این چیزها نوشته شده بود: تاریخ آمدن و کوچ بی‌بازگشتم، با جملاتی به فاصلهٔ یک خط از هم:

من نمی‌دانم چرا خلق شدم

من نمی‌دانم چرا خاک شدم

من نمی‌دانم چرا خَر نشدم

من نمی‌دانم چرا زن نشدم

من نمی‌دانم چرا خواجه فلان‌کس نشدم

من نمی‌دانم چرا هیچ نمی‌دانم ولی

خوب می‌دانم که سال‌هاست مرده‌ام ...

من و بعدِ من

و چه می‌گویند... طویل؟ نه، نه، طویل نه... گسترده، بله درست است، گسترده... شب انگار یک پارچه‌ئ تیره‌ئ گسترده است بالای سر من و تو که می‌شویم: ما... شبِ آسمان سیاه است و ماه به عنوان تنها دکمه‌ئ آن، بالاتنه و پایین‌تنه‌ئ این شنل سیاه بزرگ (بزرگ را با دستانم در هوا کشیدم) را به یکدیگر متصل می‌کند. اصلا شنل، دکمه دارد؟ این تک دکمه انگار شکسته. مهم نیست، نباید زیاد اهمیت بدهیم. قول می‌دهم به محض اینکه فردا از زندان آزاد شویم، ماه هلال‌اش را کامل می‌کند...راستی، این سکوتِ تو آزارم می‌دهد. امشب، امشب ما را به آزادیِ فردا صبح وصل می‌کند و این از یک جشنِ مختصر ارزشمندتر است. نطفه‌ئ آزادی از همین زندان به ثمر می‌نشیند و من و تو قابله‌های آن هستیم. واقعا جذاب نیست؟ اینکه چیزی دو قابله داشته باشد؟ خواهش می‌کنم، خواهش می‌کنم چیزی بگو. می‌خواهم بدانم با صحبت‌هایم موافقی؟ اصلا آنها را می‌پذیری؟ خواهش می‌کنم، خواهش می‌کنم چیزی بگو و مرا دل‌گرم کن.))

او با مهربانی انگشتانم را در پنجه‌هایش گرفت و نگاه صبور و اندوهگین‌اش را به صورت شادمانِ من آمیخت. لبخند کمرنگی بر گوشه‌ی لبانش نقش بست. چند قطره اشک آهسته پای چشمانش را شست و تا زیر چانه سرازیر شد. یکدفعه مرا به خود نزدیک کرد و آهسته در گوشم گفت:

((عزیزم! ما همین دیروز، اعدام شدیم...))

***

می‌کنیم، بچه‌دار می‌شویم، صاحبِ خانه، ماشین، پول و کلّی چیزهای تکراری دیگر می‌شویم؛ واقعا از این بهتر نمی‌شود.)) اینها را گفتم و آهسته یک بوسهٔ ریز و بی‌صدا از پیشانیش برداشتم. ساکت نگاهم می‌کرد. با اشتیاق ادامه دادم: ((می‌دانی چیست، می‌دانی؟ همین که من و تو از این زندانِ سیاهِ کثیف خارج شویم، تبدیل به قهرمانانِ دوران‌ها می‌شویم. تندیس ما را در تمام شهرها نصب می‌کنند. با خودم فکر کرده‌ام که روزی را در تقویم، به بزرگداشتِ ما اختصاص می‌دهند. دل‌ات می‌خواهد اسمِ آن روز را چه بگذارند؟ روزِ آزادی، روز مبارزان...)) از هیجان نمی‌توانستم سر جایم بایستم و حرفی نزنم. در اتاق راه رفتم. آمدم کنار پنجره. میله‌هایش را گرفتم. به ماه خیره شدم. دوباره برگشتم پیش او. بازوهایش را گرفتم و گفتم: ((وقتی آزاد شویم برایت یک گردن‌بندِ فسیلی و دو عدد گوشوارهٔ کشیشی می‌خرم. بعد با هم می‌رویم بالای تپه تا به خاطر آزادی‌مان دعا کنیم. آن موقع بر می‌گردیم و دوباره، مبارزه می‌کنیم. آنقدر مبارزه می‌کنیم که اگر زندانی شدیم آزاد شویم و اگر آزاد شدیم، زندانی‌ها را آزاد کنیم. همیشه راه مبارزه، همین بوده... خب، نظر تو چیست؟ چرا ساکتی و حرفی نمی‌زنی؟)) او سر تکان داد که یعنی نظری ندارم.

بر خلاف او، درون من آتشفشانی از شور و هیجان شده بود؛ چرا باید ساکت می‌ماندم؟ دستانش را گرفتم و او را کشیدم کنار پنجره: ((نگاه‌کن! می‌بینی چه شب خنک و مطبوع و آرامش‌بخشی؟ ماه را ببین، آنجاست، آن گوشه. ماه هم از اینکه زندانی هستیم، دلش گرفته. آسمان یک پارچه تیره، یک شنل غول‌پیکر

من و زندان

زندانی که من و هم سلولیم در آن زندانی شده بودیم، اتاقکی کوچک و دمکرده بود که تنها راه ارتباط آن با عالم بیرون به یک پنجره‌ئ کوچک بسته با چند میله‌ی زنگ‌زده محدود می‌شد. من و او پارسال به خاطر امسال دستگیر و در آن سوی تپه‌ای خارج از خارج، زندانی شدیم. قرار بود به زودی آزاد شویم. آزادی بیرون از این اتاقک سیاه و کوچک قرار داشت؛ واژه‌ای قدیمی و کهنه که به خاطرِ آن ما را گرفتند و زندانی کردند.

من چنان او را تنگ در آغوش کشیده بودم که یک لحظه هم نمی‌خواستم رهایش کنم. خنکای عطر لباسش با آن موهای رنگ‌شده که بوی مشِ تازه می‌داد، برایم رنگی از آزادی بود. مگر آدم از آزادی چه می‌طلبد غیر از بوی مِش و آغوش معشوق و یک روحیه برای بازی‌کردن با حروف؟ محکم بازوهاش را گرفتم. نه آنقدر محکم که ردِّ انگشتانم بر پوست سفید و بلورینش باقی‌بماند. با اشتیاق فراوان به چشم‌های زیبای عسلی رنگش خیره شدم. چشم در چشم. او هم نگاهم می‌کرد. هر دو ساکت، بی‌هیچ حرفی. طاقتم نگرفت. می‌دانستم او صبورتر از من است و من تا لب به سخن باز نکنم، تا صدسال دیگر حرفی نمی‌زند. با شادمانی گفتم: ((می‌توانی تصور کنی؟ من و تو فردا آزاد می‌شویم و برای خودمان یک زندگی حسابی فراهم می‌کنیم... اصلا فکرش را کردی؟ وای که چه زندگی‌ای می‌توانیم داشته باشیم! من و تو با هم ازدواج

و تمیزی کف صابون، چیزی را استشمام نمی‌کرد. خواب بودم، خواب نبودم. در گردابِ هلاک‌کننده‌ای از تکرار... تکرار هم نبود، شاید هم تکراری بود از بیداری، نمی‌دانم و احتیاجی به دانستن ندارم. خواب بودم، خواب نبودم، گیج بودم. در چیزی، در لجنزاری، نکبتی، دختربچه‌ئ غرق‌شده‌ای؛ در نکبتی فرومی‌رفتم بی‌آنکه بدانم که هستم و از کجا آمده‌ام، به کجا می‌روم... چرا می‌روم؟

❊❊❊

چه مدت به خواب عمیقی فرو رفتم. وقتی چشم باز کردم دیدم روی یک برانکارد دراز کشیده‌ام. شبیه معتادی که بخواهند ترک‌اش بدهند، دست و پاهایم را از بالا و پایین به میله های فلزی برانکارد زنجیر کرده بودند. همان زنِ خیابانی را دیدم ایستاده بالای سرم؛ موهای فر، چشم‌های اَلفِ عمود و خیره، و پوست زرد یرقانی داشت. کف دست ضخیم و خراش‌خورده‌اش را آهسته بر پیشانی‌ام کشید. من پاهایم را می‌دیدم که با لرز تندی از حرکت می‌ایستاند. این فعلیتِ مرگبار تا بالا تنه‌ام ادامه یافت تا وقتی کاملا از حال رفتم و اینبار در فضایی کاملا تاریک به هوش آمدم. حتی خودم را هم نمی‌توانستم ببینم. حتی از آن چند قطعه نانِ خشک کپک‌زده هم خبری نبود و دستانِ حسادت‌پیشه‌ای، همان‌ها را هم از من دریغ کرده بودند. از نوک پا تا فرق سرم یخ زده بود. قلبم، قلبم نمی‌تپید. دست‌هایم باز بودند ولی تا می‌خواستم تکان‌شان بدهم به دیواره‌ای سفت و سیمانی برمی‌خوردند. مجبور می‌شدم از کمیِ جا، همانطور سیخ و مستقیم دو طرف بدنم نگه‌شان دارم. به حالت طاق‌باز دراز کشیده بودم (بهتر است بگویم درازم کرده بودند). با اینکه چشمانم جایی را نمی‌دید، سطحی سنگین و سخت روی قفسه‌ی سینه، بالای سرم، روی تنم احساس می‌کردم. مجال خم‌کردن زانوهایم را نداشتم. شاید خواب بودم. خوابی که هرچه می‌گذشت، بیداری نداشت. خوابی که خواب نبود و کابوس داشت. در آن سیاهیِ محو و بی‌انتها گاه صدای پایین‌کشیدن دستگیره‌ٔ دری را می‌شنیدم و جیغ و دادِ کرکننده‌ٔ نوزادی را. بو، بویایی... قوه‌ٔ بویاییم جز خاک و کافور

آخرین در، یعنی دری که بالای راهرو و کنار برانکارد قرار داشت، رسیدم، شتابزده، هراسان، نمی‌دانم، شاید خونسرد، نمی‌دانم من هیچ چیز نمی‌دانم... دوباره دویدم و آمدم کنار همان پنجره که تنها پناهگاهم شده بود و تقلا برای باز کردن درها، تنها کارم. با هر بار اقدام من، برانکارد منحوس کمی به پنجره نزدیک‌تر می‌شد و این، تنها اتفاقِ راهرو بود! بعد از چندین و چندبار تکرار این یگانه اتفاق، به بوی تلخ و گزنده‌ئ دوا و آمپول و صدای جیلیزویلیز مهتابی‌های سقفی، به برانکارد و رفت و آمدهای بیهوده‌ئ خودم و خلاصه به همه چیز عادت کردم. تنها تغییر ناقابل، خرده‌نانِ خشکیده و کپک‌زده بود که روی هُره‌ئ کنار پنجره ریخته شده بود. دستی می‌آمد و می‌رفت و من نمی‌دیدم. خرده‌نان‌ها را برداشتم و در دهان خیساندم. سیر که شدم، دوباره تک‌تک دستگیره‌ها را امتحان کردم و دوباره همان تکرار، تکرار، تکرار و باز هم تکرار...

اینک برانکارد تا وسط راهرو آمده بود. لامپ مهتابی‌های بیشتری سوخته بودند. راهرو تاریک‌تر شده بود. در این مدت بارها و بارها خرده نان خشک خورده بودم، ترسیده بودم، صدای خنده و گاه گریه شنیده بودم؛ از همه مهم‌تر! بارها و بارها سرگشته، به آونگی می‌مانستم بی زمان آغاز و انجام، گیج و معطّل، در اثنای ادبیات نامفهومِ "زمانی که در راهرو بودم".

در اثنای همین بارها– تکرارها سرم گیج رفت، چشمانم به دَوار افتاد و بی آنکه چیزی به خاطر بیاورم، دور خودم چرخیدم و با شدت زمین خوردم. نمی‌دانم

خیابان ایستاده، سرش را بالا گرفته بود و نگاهم می‌کرد. از کجا فهمیدم زن است؟ روسری داشت و وقیح به نظر می‌رسید. وقاحت احساسی بود که از کودکی به طور ناخودآگاه نسبت به زنان داشتم. احتمالا زن بود. از پشت مشبک‌های ریز و کوچک پنجره، تشخیص جزئیات برایم غیرممکن بود. از پای پنجره آمدم کنار. احساس کردم برانکارد کمی به بالای راهرو، یعنی نزدیک پنجره که کنارش ایستاده بودم، نزدیک شده. گوشم به صدای چکه‌چکه‌ئ قطراتِ آب که نمی‌دانستم منبعِ آن از کجاست، تیز شد. راهرو با یک نمی‌دانمِ گُنده‌ئ یُغور پر شده بود. از چندتایی از اتاق‌های مجاور ضجه‌ئ ونگ‌ونگ و گریه‌ئ بی‌تاب نوزاد می‌آمد. دست و پاهام می‌لرزید. تازه می‌فهمیدم ترس، احساسِ غالبِ من است. ناگزیر، ناخودآگاه، نمی‌دانم... چشمم را بستم و دستگیره‌ئ یکی از اتاق‌ها را پایین کشیدم. در قفل بود. برانکارد بهم نزدیک‌تر شده بود. دستگیره‌ئ آن یکی در را پایین کشیدم. چندین و چند مرتبه زور زدم. به در فشار آوردم. فایده نداشت، قفل بود. با این کار، فقط صدای گریه و ونگ‌ونگِ گوش‌خراش نوزاد زیادتر می‌شد. وقتی در اتاق‌ها را یکی‌یکی امتحان کردم و از بسته‌بودن‌شان مطمئن شدم، دوباره دویدم کنار پنجره. سعی کردم میله‌های مشبک‌اش را بگیرم. نوک انگشتانم از سوراخ‌های بسیار ریز و مربعی شکلش، به زحمت رد می‌شد. آن زن هنوز با همان گردن کج، پایین پنجره ایستاده بود. به طرز خوف‌انگیزی مرا می‌پایید؛ جاسوس و نخراشیده. دوباره و اینبار شاید ناخودآگاه، دستگیره‌ئ تک‌تک اتاق‌ها را پایین کشیدم. بعد که به

من و راهرو

در راهرویی دراز و کم‌عرض (جوری که به زحمت می‌توانستم دستانم را به طور کامل از هم باز کنم)، ایستاده بودم. یک برانکارد چرخ‌دار با ملحفه‌ئ سفید که چند قطره خون، اینجا و آنجا رویش دلمه بسته بود در کنارم قرار داشت. چراغ‌های سفید مهتابی از سقف آویزان بود. چندتا از مهتابی‌ها سوخته بودند و مابقی با نور بسیار کمی راهرو را روشن می‌کردند. در آن سکوت وهم‌انگیز فقط صدای جَرَق‌جَرَق و جیلیزویلیز مهتابی‌ها می‌آمد.

دیوارها به رنگ آبی سرد و کمرنگ بود در فضای راهرویی نمناک و مطموره، خفه، با بوی تند آمپول و دوا که از شدتِ بو سر آدم گیج می‌رفت و حالت تهوع پیدا می‌کرد. در انتهای راهرو پنجره‌ئ کوچکی دیده می‌شد با میله‌های آهنی مشبک که احتمالا هیچ جنبنده‌ای نمی‌توانست از آن عبور کند. نمی‌دانم در آن راهروی ته بسته، چه می‌کردم! راستش (اگر راستی باشد) ترسیده بودم. نه اینکه واقعا ترسیده باشم. نه می‌توانستم بترسم، نه نترسم. نوعی بی‌تفاوتی نسبت به دور و برم داشتم یا یک احساس گنگِ دوگانه.

آهسته به طرف پنجره آمدم. انعکاس صدای قدم‌هایم، فزاینده و منظم در راهرو می‌پیچید. چهار اتاق در سمتِ راست و چهار اتاق در سمت چپ، در یک ردیف و به قرینه‌ئ یکدیگر قرار داشتند. آسمان ابری و سیاه و گرفته بود. از پشت پنجره بیرون را به زحمت می‌توانستم تماشا کنم. زنی تک و تنها توی

مثل من پیر شود و تغییر کند. اگر بخت و اقبال یارم بود، برایم یادبود می‌ساختند؛ مثل آن بچه: یک تخته‌سنگ و چندخط شعر.

***

جمله‌ام به آخر رسید، تُنِ صدایم را پایین آوردم. من که همچین کاری نکرده بودم! بعضی کلمات را نتوانستم خوب بیان کنم. حالا که این شکلی شده بودم، پوستم چروک، رگ‌های گردنم خشک و کم‌خون، قدم خمیده؛ حالا که به تجربیات لجنی خو گرفته‌بودم، آن پسر که سنش هم به گونی‌داشتن می‌خورد، یک روز به حالای من می‌رسید و نیازی به توصیف‌کردنم نداشت. نمی‌دانم چه مدت طول کشید تا حدسم به یقین تبدیل شود، تخته سنگ بزرگ و غول‌پیکری از سینه‌کش آسمان درست مثل تیرِ غیبِ نفرینی، هوا را شکافت و به سرعتی عجیب و دیوانه‌وار به سوی زمین نزدیک و نزدیک‌تر شد؛ انگار از فرسنگ‌ها فاصله و درست به قصد پسر بیچاره نشانه گرفته شده بود؛ چنان با گیجگاه او اصابت کرد و او را شَتَلَق بر زمین کوبید که با سر و صورتی خونین، همانجا دراز به دراز افتاد و نقش بسترِ گل‌آلود و کثیف رودخانه شد. من به واسطهٔ نیرویی به آهستگی به طرف رودخانه کشیده می‌شدم. انگار دست سیاه متعفن و پرمویی دراز شده بود طرفم و ساق‌پاهایم را می‌کشید. تنها کسی که می‌توانست کمکم کند فقط همانِ پسرِ بیهوش بود. حتی نمی‌توانستم داد بزنم.

اگر خوردن یک لیوان آب چند ثانیه طول می‌کشد، کبوتر جوانی‌ام خیلی زودتر از چند ثانیه از دستم پر کشیده بود. احساس می کردم پاهایم رمق کافی را ندارند. دهانم مزهٔ گس چسبناک پیدا کرده بود. انگار یک عمر میوه ئ کال خورده بودم. شاید می‌خواستم بمیرم، ناپدید شوم و پسر را ترک کنم تا او هم

ریش‌ریش گونی به آهستگی از لای انگشتانم می‌لغزید. همه چیز داشت کند و آهسته می‌شد و کوه‌ها در افق، کش می‌آمدند. دوباره مشتم را گره کردم، زمان و اجسام به روال عادی برگشت. دوباره مشتم را شل کردم، زمان کُند شد. مشتم را بستم، زمان سفت شد. این بود آن بازی عقربه و ساعت که قبلا خودم را به خاطرش سلاخی کرده بودم؟ واقعا سلاخی کردم؟ پیش رفتم، با این فکرها و حرف‌ها. مغزم عبور و مرور فکرهای جورواجور بود. داشتم می‌مُردم. مرگ را حس می‌کردم. احساس مرگ از هر احساسی قوی‌تر است، آدم سر این یکی هیچ نقابی به صورت نمی‌زند. اِی آقا... چه زحمتی داری می‌دی به خودت... مادرم دراز کشیده بود... دختر داشت غرق می‌شد... پیرمرد بهم گفته بود مادر به‌خطا... آهسته... آهسته داشتم... داشتم می...مُر... صدایی شنیدم، از دور... صدا از دور، طنین صدا... صدا زیر و بم و دالان فضا را مارپیچ‌مارپیچ، راست و مستقیم و به سرعت طی کرد و به گوشم رسید. دمِ مرگ، صداها هم تشریفات داشتند. معجزه شده بود. صدای خاصی شنیدم. پسر جوانی که مرا به یاد جوانی‌های خودم می‌انداخت، بدو بدو گاه به شتاب و گاه لکه، خسته و نه خسته، بین این دو، آمد طرفم. نفس‌نفس می‌زد. لپ‌هاش از دویدن گُل انداخته بود. خواست حرفی بزند، پیش‌دستی کردم: ((چیه، چه می‌خواهی بگویی؟ می‌خواهی بگویی می‌دانی چه می‌خواهم بگویم؟)) صدایم می‌لرزید. پسر از تعجب ایستاد: ((تو از کجا فهمیدی می‌خواهم این‌ها را بگویم؟)) گفتم: ((ناسلامتی سال‌هاست دارم به یک همچین سوالی جواب می‌دهم.)) وقتی

زمین و تخته‌سنگ هم، کنارم افتاده. تخته‌سنگ، خون‌آلود از پیشانی شکسته‌ی من بی‌جان و بدقواره، افتاده بود و داشت بهم نیشخند می‌زد. چقدر طول کشید خودم را پیدا کنم، خدا می‌داند. خدا؟ نمی‌دانم! صورت معصوم و رنگ‌پریده‌ی دختر بیچاره با آن چشم‌های درشت و موهای لخت خوش‌رنگ، آن لحظه که داشت غرق می‌شد و کم‌کم به مرگ نزدیک‌تر، جلوی چشمم آمد. سالهای سال است که نمی‌توانم خاطره‌ی آن نگاه وحشت‌زده و بی‌پناه را فراموش کنم. پیرمرد، پیرمرد... پیری... چندبار صدایش کردم، اثری از پیرمرد نبود. تن و بدنم کوفته بود. لکه‌های خون روی سر و صورتم دلمه بسته بود. آمدم بلند شوم، نتوانستم. چیزی بر کمرم سنگینی می‌کرد. یک گونی بود. یک گونی که وقتی بازش کردم و داخلش را دیدم، چند ورق سوخته و چندتا خودکار شکسته داخلش ریخته بودند. کی یا کی‌ها؟ نمی‌دانم! با خودم گفتم "حیفِ گونی. حالا که من هم پیر شدم (که بعد از اصابت تخته سنگ به صورتم بود) به درک، بگذار زودتر بمیرم. ولی پیرمرد، یعنی نیست شده بود؟ خانه‌ام؟ آن عمارتِ دوطبقه‌ئ چوبی به سبکِ خانه‌های چوبی تگزاس و غرب وحشی... مهم نبود. طبق صحبت‌های پیرمرد اگر گونی را وِل می‌کردم، می‌مُردَم. اگر به میل خودم برش نداشته بودم، لااقل به میل خودم زمین می‌گذاشتم‌اش. سر ریش‌ریشِ گونی از شانه‌ی سمت راستم آمده بود جلوی صورتم، حمایل‌وار. پنجه‌هایم ناگزیر و بی‌اختیارِ من، گونی را محکم لای مشت گرفته بودند تا یک وقت از پشتم نیفتد. انگشتانم را شُل کردم. فهمیدم زمان هم دارد کُند و کُندتر می‌شود. نخ‌های

- : ((از اینکه مثلِ حرام‌لقمه‌ها تعقیبم می‌کنی!)) دیگر طاقت این طرز حرف‌زدن را نداشتم. داد زدم: ((درست صحبت کن عوضی... اگه سنت این نبود...)) پیرمرد قهقهه‌ای زد و خیلی خونسرد گفت: ((مثلا چه گوهی می‌خواستی بخوری؟ پسر جان، آب از سرم گذشته؛ در این گونیِ نکبت که پشتم می‌بینی، جز چندتکه استخوان و تکه‌هایی از گوشتِ تنم نیست؛ بدتر از این؟ تمام دارایی‌ام از دنیای به این بزرگی همین است که آخرِ عمر بهم دادند. یادبودی هم برایم نمی‌گیرند و مرگم مثل آن دختربچه شاهدی ندارد. روزگار به هرکس هرچه بخواهد می‌دهد، ولی زمانی که پیر شده و به دردش نمی‌خورد. پس گور پدرت هر کاری بکنی.)) بی توجه به توهین‌هاش سعی کردم جلوی خودم را بگیرم: ((یعنی تو این گونی را خواستی و بهت دادند؟ چرا دختری که اینجا عرق شد گونی نداشت؟))

- : ((ملیَّت خیلی مهم است. باید بدانند از کدام شهر هستی و کجا بزرگ شده‌ای. احتمالا آن دختربچه سنش به گونی‌داشتن نرسیده بوده...

صبر کن، آخرهای کار خودت می‌فهمی.)) پیرمرد حرفش را تمام نکرده، که تخته سنگی بزرگ و سیاه به سرعت دور خودش چرخید و چرخید و با شکافت هوا جوری به صورت من نزدیک شد که دیگر نفهمیدم چه اتفاقی افتاد؛ تنها چیزی که به خاطر دارم این است که مثل قهرمانان ژیمناستیک، دو پایم رفت بالای سرم و سرم رفت جای پاهایم و تا به خودم آمدم دیدم پهن شده‌ام وسط

- : ((لازم نکرده تو یه الف بچه کمکم کنی...)) از پیرمرد هراس داشتم. از آن نگاهِ شیطانی، قرنیهٔ خونین چشم چپ و گودال عمیق و سیاه چشم راست که تخلیه شده بود و مثل چاهی عمیق، آشکارا بر صورتش خودنمایی می‌کرد. پیرمرد با لحنی ملایم‌تر گفت: ((هرکی باید گونیِ خودش را حمل کند. هیچکس حق برداشتنِ گونی دیگری را ندارد. حتی تصور همچین کار غلطی را به ذهنت راه نده.)) پرسیدم خب چرا چشم‌تان اینطوری... سریع جواب داد "تا چشم نبیندت به جز راست!" گفتم: ((پس... حالا دارم به خاطر می‌آورم. شما هم مثل پدرم که می‌گفت نباید بایستیم و باید راه برویم، اعتقاد دارید نباید گونی را از پشت‌مان روی زمین بگذاریم!))

انگار حرف بدی زدم. پیرمرد مثل سینهٔ آسمان سرخ شد: ((پدرِ تو چه تخمِ سگِ مادر به خطایی است! هرکس کارِ خودش را می‌کند...)) بعد یک قدم برداشت جلو و دو سه وجب در رودخانه پایین کشیده شد. جرئت نداشتم حرفی بزنم. آدم‌هایی که هر ثانیه تغییر می‌کنند آدم را از زندگی سیر می‌کنند. ترجیح دادم سکوت کنم و فقط دنبالش راه بیفتم. کم‌کم پاهای من هم تا نزدیکی زانو در گل و لای سیاه و چسبناک بستر رودخانه، فرو می‌رفت. پیرمرد از اینکه پشت سرش راه می‌رفتم عصبانی شد: ((ناراحت نمی‌کنی خودت را؟!))

- : ((از چی باید خودم را ناراحت کنم؟))

ازش خواستم نصیحتم کند. گفت: ((خود را باش، در لجن!)) گفتم: ((می‌توانم با تو بیایم؟ سالهاست در کنار این رودخانه زندگی می‌کنم و کاری جز نگاه کردن به این سنگ یادبود، سیگار کشیدن در بالکنِ آن خانه (منزلم را نشانش دادم) ندارم.)) پیرمرد با تکان سر، سعی کرد کلاهِ لبه‌دارش را روی سر کوچکش نگه دارد.

- : ((باید صبر کنی جانم، باید صبر کنی. خودِ لجنزار حق‌ات را می‌دهد. اینجا، آنجا، امروز، دیروز...)) چندبار لب‌هاش را ملچ‌مولوچ کنان روی هم جمع کرد و ادامه داد: ((لجنزار، در لجنزار صبر کن پسرم. اگر صبر نکنی؟)) یکدفعه جوری خندید که من ترسیدم. چندتایی از دندان‌های زرد و کرم‌خورده‌اش را از شکاف لب‌های خشک ترک‌ترکش نشانم داد. آسمان سرخِ غروب می‌رفت که در جوار شب پهلو بگیرد. با خودم گفتم: "در این نکبت‌زاری که تنها زندگی می‌کنم، بعد از سالها تحمل مرگ و کوچ دیگران، همان او، آن پیرمردِ وحشت‌آور، شاید عالِم، نمی‌دانم... او غنیمتی به شمار می‌آید. از حرف زدن با او خسته نمی‌شوم. بهتر است کمکش کنم و گونی را از پشتش بردارم" آمدم همین کار را بکنم که پیرمرد جوری عصبانی شد که نگو و نپرس: ((برو عقب تخمِ سگ! نکند قصد کشتنم را داری؟)) هاج و واج عقب ایستادم. من که کاری نکردم.

حس عجیبی که داشتم خودم را به بستر نمناک و متعفن رودخانه رساندم. پیرمرد یک گونی پر از خرت‌وپرت انداخته بود روی شانه‌اش و به آهستگی، غُرّولُندکنان از آنجا عبور می‌کرد. صداش زدم. سرجاش ایستاد. کمرش از سنگینی گونی خم شده بود. همانطور خمیده، نیم‌رخِ بدمنظره‌اش را چرخاند رو به من.

کاسهٔ چشم راستش کاملا تخلیه بود. به تندی جواب داد: ((چیه، چه می‌خواهی بگویی؟ می‌خواهی بگویی: می‌دانی می‌خواهم چه بگویم؟)) با تعجب پرسیدم: ((عه... شما از کجا فهمیدید؟)) پیرمرد گفت: ((سال‌هاست که دارم به این سوال مزخرف جواب می‌دهم.)) و مُف‌مُف آب دماغش را بالا کشید. سرش را به طرفی تکان داد و با نوک ریشِ متراکم و انبوهِ چانه‌اش که از کثیفی به سیاهی می‌زد، آرامگاه را نشانم داد؛ با دست نه، با دست نشانم نداد. دست‌هایش را برای نگه‌داشتن گونی لازم داشت. داستان آرامگاه را برایش تعریف کردم. خودش هم خبر داشت. از کجا می‌آمد؟ جوابی نداد. نیش‌خند زد: ((احمق‌ها برای فرار از مرگ، به هر کثافتی چنگ می‌اندازند.)) می‌خواست دوباره به راهش ادامه دهد. چکمه‌های ساق‌بلند و از کارافتاده‌اش را در ساحل رودخانه از میان تودهٔ چسبناک گِل و لای بلند می‌کرد و شالاپ، شولوپ... دوباره با زحمت بر زمین می‌کوبید. شانه به شانه با او هم‌قدم شدم. اندکی در سکوت گذشت. اگر چیزی نمی‌پرسیدم، چیزی نمی‌گفت.

از اهالی که بیش از بقیه می‌فهمید (یا لااقل اینچنین ادعا می‌کرد) گفت: در این عددها رازی نهفته است. مردم سوال کردند چه رازی؟ او که بیشتر می‌فهمید (یا لااقل چنین ادعا می‌کرد) گفت: رازِ تطهیر؛ نیروهای فرامادی دختر را به این شیوه تطهیر کرده‌اند و ما برای او یک یادبود بنا می‌کنیم. دیگری گفت باید برایش آرامگاه بسازیم. چندنفر گفتند: بله، راست می‌گوید. او که بیشتر از بقیه می‌فهمید در جواب گفت: "به جنازه‌اش دسترسی نداریم. جنازه در رودخانه غرق شده. نزدیک‌شدن به حریم آن برای بیرون کشیدن جنازه... آم... کارِ به صَلاحی نیست. مردم پرسیدند پس چه کنیم؟ او که بیشتر می‌فهمید (یا لااقل چنین ادعا می‌کرد) گفت: برایش جنازه‌ای فرض می‌کنیم.

به این ترتیب کارِ ساختنِ آرامگاه آغاز شد. اکنون سال‌ها از آن روز می‌گذرد و جز اینکه بیشتر اهالی فوت کرده یا مهاجرت کرده باشند، هیچ اتفاقی نیفتاده است. زائری به آنجا سَر نزده و من یگانه ساکنِ اینجا و آن جمعیتِ نسبتا زیادِ مهاجرش هستم. دیگران وقتی نتوانستند رودخانه را با آن حجم از تعفن و بویِ ماهی گندیده‌اش تحمل کنند و همچنین دانستند جاذبه‌ی عجیب آنجا ممکن است آنها یا فرزندان‌شان را مثل دختر بیچاره غرق کند، کم‌کم منطقه را ترک کردند. تا اینکه یک روز اوایل یا شاید هم اواخر هفته (اول و آخرش اهمیتی ندارد، شاید هم اواسط هفته بود) پیرمردی از آنجا عبور کرد. فکر کردم خیالات برم داشته. از جام بلند نشدم. دیدم نه، واقعا یک نفر دارد راه می‌رود. از اتاقم در طبقه‌ئ بالا آمدم پایین، پله‌ها را با شتاب هر چه تمام‌تر دویدم و با هیجان و

می‌زد. طبق معمول در بالکن ایستاده بودم و کله‌ام را پر از دود می‌کردم. یکی از بچه‌ها جیغ‌زنان با وحشت شروع کرد به دویدن به طرف خانه‌ها.

با سن تقریبا ده-یازده سال نمی‌توانست قدم‌های سریع و بلند بردارد. جیغ می‌کشید، داد می‌زد، کمک می‌خواست... کسی نبود! وقتی ساکت شد، جمعیت خودش را نمایان کرد. طولی نکشید که عده‌ئ زیادی از اهالی، در بستر رودخانه جمع شدند. دخترکی به سن ده یازده سال، با پوست سفید بلورین و موهای طلایی روشن، تا کمر در رودخانه‌ئ مردابی فرو رفته بود. رودخانه با سرعتِ ناچیزی در امتداد ساحلی که ما ایستاده بودیم پیش می‌رفت و در همان حال، دخترک را به آهستگی در خود دفن می‌کرد. طبق گفته‌ئ منظم‌ترین و دقیق‌ترین ساکن آن نواحی یعنی موسیو لاپیمار پامنار، دخترک در ساعت ۱۵:۴۷ دقیقه در رودخانه به دام افتاده بود. وقتی ذره‌ذره‌ئ وجودش آنقدر تحلیل رفت که سرش به طور کامل در زیر آب، مرداب، رودخانه‌ئ مردابی... خلاصه وقتی سرش زیر آن طبیعتِ نکبت‌آمیز فرورفت، ساعت ۱۶:۳۲ دقیقه را نشان می‌داد. با مرگ او همه از خودشان خجالت می‌کشیدند. کسی حاضر نشده بود حتی یک چوب یا طناب برای آن بیچاره پرتاب کند و نجاتش دهد. همگی مسخ شده، کنار رودخانه ایستاده بودند. پژواک آه و شیون‌شان سراسر ناحیه را انباشته بود. از دهکده‌های دورتر هم به آنجا آمدند. اهالی روستاها صف‌های طولانی کشیدند و دختر زنده‌زنده جلوی چشمان‌شان غرق شد و در رودخانه فرورفت و رفت که برای همیشه این ننگ را بر پیشانی آن اهالی بزدل، داغ بزنند. وقتی مُرد یکی

من و پایانِ من

سال‌ها تک و تنها در پشتِ کوه‌های بلندِ هیچ، و در یک خانهٔ دوطبقهٔ چوبی و قدیمی زندگی می‌کردم. در آن ناحیهٔ اعجاب‌برانگیز بسیاری از خانه‌ها به مرور زمان ویران شده، از آنها جز خرابه‌ای نمور و خوفناک، چیزی نمانده بود. طلّ و ویرانه‌های به جا مانده از این منازل، در یک خط کنار هم، مانند رشته‌کوهی سیاه در بستر رودخانه‌ای لجن‌آلود و کثیف کشیده شده‌بود. اغلب اوقات برای سیگار یا پیپ‌کشیدن به بالکن طبقهٔ دوم می‌رفتم. به عنوان تنها ساکن فعلی این ناحیه، به طبیعت وحشی و غبارآلود پیش رویم خیره می‌شدم. نگاه کردن چیزی بود که اصولا نمی‌دانستم آن را نعمت به شمار بیاورم یا نه. من که جز رشته‌کوه‌های توسری خورده، تیره، آسمان نمناک و آن رودخانهٔ مرموز لجن‌بار که هرکس کنارش می‌ایستاد او را نرم‌نرم در خود فرو می‌بلعید و غرق می‌کرد... جز اینها چیزی نمی‌دیدم. چند سال قبل آن ناحیه جمعیت بیشتری داشت. یک روز صبح متوجه حضور چند بچه شدم که آمده بودند کنار رودخانه به بازی‌کردن. بعدها فهمیدم دو خواهر و یک برادرند. یکی از خواهرها موقع بازی‌کردن به طرز بی‌رحمانه توسط رودخانه بلعیده شد و همانجا دفن گردید. آن موقع ساکنینِ منطقه و اطراف آنجا شاهدِ اولین مرگِ زنده به دست یک رودخانهٔ سیاه و کدر بودند. رودخانه‌ای که آبش از تیرگی به طوسی

من در جایی که وجود ندارد، جفتک‌پرانی می‌کنم. خوشحالم از اینکه هیچ اسبی دیوانگی‌ام را به مسخره نمی‌گیرد و با دوستانی که بدی را نمی‌فهمند، یورتمه خواهم رفت. به زبان شیهه (زبانی که تمام اسب‌ها آنرا می‌فهمند) صحبت می‌کنم، سوسک‌ها را نمی‌کشم و مورچه را عمداً لگد نمی‌کنم.

شب زیر نور ماه می‌خوابم و از تصورات اسبینه‌ام لذت می‌برم. نه ترسی از بهار دارم نه تابستان، که پاییز هرچه باشد خواهد گذشت و زمستان در کنار دیگر اسب‌ها، گرم خواهم بود. در اینجا نه عکس کسی که دوستش داشتم و دیگر نیست، و نه هیچ‌چیز آزارم نمی‌دهد. خنک می شوم از آب چشمه‌ای که هم اندازهٔ نیازم مصرف می‌کنم. نمی‌گذارم قطره‌ای آب به هدر برود. گریه نمی‌کنم و نمی‌خندم. نه از خط‌کش معلم بیم دارم نه از باتوم پاسبان‌ها. من را به خاطر یال‌های کم‌پشت و پوزهٔ بلندم دست نمی‌اندازند. درِ گوشم نمی‌زنند که نشنیدی، توف به صورتم نمی‌کنند که ندیدی، غیبتم را نمی‌کنند که نشنیدی و شلّاقم نمی‌زنند که ضعیف هستی و این فلسفه است!

شیهه‌کشان فریاد می‌زنم: من اسب هستم، من اسب هستم...

صدایی گنگ و گوش‌خراش می‌شنوم: آهن‌پاره، ضایعات، خریداریم... کلمات تکرار می‌شود. یک وانتی با آن صدای انکرالاصواتش از کوچه عبور می‌کند. من پشت میز تحریر اتاقم نشسته‌ام. نوشته‌ام را می‌خوانم.

***

از آنجا به اسب‌هایی که در دامنه‌های سبز، شاداب یورتمه می‌روند و آزاد هستند سلام می‌رسانم. آنها بدون شک، مستحق سلام من هستند. برایشان دستی تکان می‌دهم و فریاد می زنم: ((خوش به حالِ شما اسب‌ها... خوش به حال شما که آزادید و تا هر کجا که دلتان بخواهد، می‌دوید. شما تاریخی برای سرزنشِ اسب‌بودن‌تان ندارید. خوش به حال شما اسب‌ها، خوش به حال شما اسب‌ها...)) و آنقدر این جمله را فریاد می‌زنم و تکرار می‌کنم که خودم هم به یک اسب تبدیل شوم. با شتاب و شجاعت زمین را زیر چهارنعل سُم‌هایم به لرزه درمی‌آورم. به طرف دره سرازیر می‌شوم. با مهارتی مثال زدنی از روی موانع و تخته سنگ‌ها می‌پرم، گاهی درنگ می‌کنم و دوباره به سرعتِ طوفان، مسیر صعب‌العبور کوه را بی‌مهار، چهارنعل به سوی دامنه می‌دوم. باید در میان موجوداتی باشم که خوراکشان خون و فضله نیست، جفتک برای هم نمی‌اندازند و از همه مهم‌تر؛ اتم نمی‌سازند!

من اسب می شوم تا لذت «من» نبودن را تجربه کنم. خسته از نمی‌دانم نیستم و با صدای بلند شیهه می‌کشم: ((هورا، هورا، عاشقی برای من نیست...))

آخ که اسب بودن چه لذتی دارد. مجبور نیستی به هرکس و ناکس سلام کنی. یال رقصان تو در باد با آن سم‌های محکم استخوانی، پوست‌ات قهوه‌ای روشنِ خوش‌رنگ و پوزه‌ات خوش ترکیب... همهٔ اینها را می‌دانم و نیک می‌دانم که هیچ اسب دیگری به آنها آسیبی نمی‌رساند.

من و اسب‌ها

نگاه می‌کنم به اسب‌هایی که نمی‌بینم و گوش می‌دهم شیهه‌ای را که نمی‌شنوم. می‌بینم چندین مادیان خاکستری را، با چند کره اسب جسور که بی‌پروا در دشتی سبز، یورتمه می‌روند. مراتع دل‌انگیز و خرم، گسترده تا دامنهٔ کوه‌های سر به فلک کشیده، قله‌هایی پوشیده از کلاهِ سفید برف و یخبندان با درختانی که اسم هیچ کدام را نمی‌دانم ولی خوب می‌دانم که چوب‌شان تر و تازه و خوش رنگ است... چه آرامشی دارد صدای آبشار و چهچههٔ پرندگان. یک کلبه ‌ئ چوبی با سقف شیروانیِ قرمز برای خودم درست می‌کنم. حتما پنجره‌هایش را رو به دروازهٔ خورشید خواهم گشود. داخلش را پر می‌کنم از کاه و یونجه. طویله‌ای برای اسب‌هایم می‌سازم، اسب‌هایی که نه هستند و نه اصلا وجود دارند.

روی تپه‌ای که البته وجود ندارد طاق‌باز دراز می‌کشم و خیره می‌شوم به آسمان. ابرهای سفید پراکنده بالای سرم را به یک پارچهٔ آبی گسترده با گل‌نقش‌های ریز و سفید شبیه کرده‌اند. از هرچه سیاهی است می‌گریزم. در اینجا همه چیز روشن است. غیر از خودم رد پای هیچ انسانی به چشم نمی‌آید.

دلم می‌خواهد صبحانه را با شیر تازهٔ گاو آغاز کنم. می‌خواهم تا شب و موقع درآمدن ستاره‌ها آزاد و خوشحال باشم و بدوم و بدوم و خسته نشوم، که خستگی مالِ جایی است که هست. می‌خواهم بر فراز بلندترین قله‌ها بایستم.

جاناتان نیز نمی‌خندیدند. هلاکتِ اعضای هرم، لحظه به لحظه بیشتر می‌شد. حتی اسب‌های جاناتان یکی پس از دیگری تلف می‌شدند. به زودی من هم باید جای یکی از همان‌هایی را که از خستگی زیر هرم می‌مردند و به هلاکت می‌رسیدند، پُر می‌کردم. نهایتش این بود که شانس بیاورم و پایین‌ترین طبقه نصیبم نشود. فرقی نمی‌کرد؛ هرجای این هرم نحس و نکبت را اشغال می‌کردم، مثل بقیه زیر پای جاناتان بودم. پاهای جاناتان هنوز استقامت‌شان را از دست نداده بودند. جاناتان از نصیحت و سخنرانی، دست نمی‌کشید. چه شد؟ اوه، یکی از محافظان جاناتان به من اشاره می‌کند که یالله بیا بایست اینجا. می‌روم وسط میدان. دو نفر به سرعت جنازهٔ یکی را که تقریبا پایین‌ترین طبقهٔ هرم ایستاده بود می‌برند و از من می‌خواهند جای او را پر کنم. جاناتان همچنان صحبت می‌کند.

***

شنیدم محافظان هم دل خوشی از جاناتان نداشته و از ترس اینکه مبادا جایشان را با مردم حاضر در پایه‌های هرم عوض کنند، ناچار به سکوت شده، اعتراض نمی‌کردند.

پیرمرد همانند نقطه‌ای سیاه و کوچک در راس هرم نشسته بود. راسِ راس. یکسره سخنرانی می‌کرد و برای این و آن خط و نشان می‌کشید. حس می‌کردم مردم دیگر آن مردمِ سابق نیستند و با طولانی شدن نصایح و مواعظ جاناتان، خسته شده‌اند. بعضی‌ها خوابشان گرفته بود. بعضی‌ها که هنوز جاناتان برایشان معجزه‌ای به شمار می‌رفت با کف و سوت سعی می‌کردند فضا را زنده نگه دارند، اگر چه آنها هم خسته و بی‌رمق به نظر می‌رسیدند. شاید تظاهر می‌کردند. تظاهر به شادی، خود مصیبتِ دیگری است.

این هرم فرساینده‌ئ انسانی قوای خودش را به تدریج از دست می‌داد. آدم‌ها در طبقات مختلف یکی‌یکی غش می‌کردند و با فریاد رعدآسا از آن بالا به پایین سقوط می‌کردند و خیلی زود چند نفر تازه‌نفس جای‌شان را می‌گرفتند. در این مدت بخش‌های مختلف شهر دچار مشکلاتی شد. حتی فهمیدم دشمنان وارد شهر شده‌اند با این حال حرف‌های جاناتان تمامی نداشت. می‌گفت و می‌گفت و می‌گفت: ((آینده را می‌سازیم، با دشمن نمی‌سازیم، ما جانِ خود می‌بازیم، آنها موش‌اند و ما بازیم...)) و باز هم این سخنان را با زبانی دیگر به شیوه‌ای متفاوت، تکرار می‌کرد. می‌توانم بگویم نزدیک‌ترین طرفداران و وابستگان

چندتا از محافظانش رفتند بالا. راس هرم متشکل از پنج شش جوان ورزیده بود ولی پایهٔ هرم (شبیه یک قیف برعکس) را عامهٔ‌مردم تشکیل می‌دادند. مردم به کمک محافظان جاناتان، دست‌های پیر و چروکیدهٔ او را گرفته، به آهستگی بالا کشیدند. یک دستش از سفیدی شبیه ماه می‌درخشید. انگار ماه را کوچک کرده لای مشتش گرفته بود. وقتی رسید بالای هرم، یک میکروفون بی‌سیم جلوی حضور انورش گذاشتند. مردمی که دورتادور میدان و اطراف هرمِ ایستاده بودند، سکوت کردند. صداهای گنگ و نامفهومی از هر سو شنیده می‌شد؛ نه آنقدر بلند که مخلٍّ سخنرانی باشد. پیرمرد اولش به زبانی غیر از زبانِ ما صحبت کرد. من و احتمالا عدهٔ زیادی از جماعتِ هاج و واج، چیزی متوجه نشدیم. صداش را دوست داشتم. تُنِ صداش آدم را به آرامش دعوت می‌کرد. او دربارهٔ مسائلی صحبت کرد که به زعمِ خودش مهمترین دغدغه‌ها و مشکلات هرمی‌ها و پای هرمی‌ها بودند. نمی‌توانستم راسِ هرم را در آن ارتفاع تقریبا پانزده متری، به وضوح ببینم. در نگاه‌ها، حرکات و رفتار کسانی که پایهٔ هرم را تشکیل می‌دادند و دیگران بر دوش آنها ایستاده بودند (آنها به نوبهٔ خود شانه‌هایشان را جای پای بالاتری‌ها قرار داده بودند)، رنج و خستگیِ فرساینده‌ای دیده می‌شد. همه دست بر دوش و کتف یکدیگر، بازویشان را قفلِ بازوی نفر بغل دستی‌شان کرده، تکان نمی‌خوردند. هوا داشت گرمتر می‌شد. قطرات ریز و درشت عرق رو سر و کلهٔ جماعت می‌درخشید. شاید به غیر از جاناتان و نهایتا محافظانش هیچکس از وضعی که داشت راضی نبود. بعدها

می‌شنیدم که از جلوی ما رد می‌شد. دل به دریا زدم و چهاردست و پا افتادم روی زمین تا از لای پاهای ملت جاناتان را تماشا کنم. او پیوند من با روزهای کودکیم بود. زمانی که همه چیز را زیبا می‌دیدم. توانستم او را ببینم. پیرمرد با وقار و نورانی‌ای بود. سعی می‌کرد جواب محبت همه را بدهد. از پنجرهٔ کالسکه سرش را آورده بود بیرون و برای همه دست تکان می‌داد. محافظانش دو طرف رکاب و روی سقف کالسکه ایستاده بودند. عبوس و خشمگین، مدام اینطرف و آنطرف سر می‌چرخاندند، بر دست مردم می‌زدند، دورشان می‌کردند. بیش از این نتوانستم چیزی ببینم.

کالسکه به سمت میدان مرکزی شهر راهش را ادامه داد. خودش برای خودش یک روایت، یک کتاب یا مهمتر از همه یک تاریخ بود. دویدم طرف همان میدان و منتظر ماندم. جمعیت در اینجا بیش از بلواری که به میدان ختم می‌شد، ایستاده بودند. در عین ناباوری، با ایستادن بر روی دوش یکدیگر شکل یک هرم مخروطی را به‌وجودآورده‌بودند؛ چیزی شبیه گلبرگ‌های گل لاله، پُف کرده و حجیم. هرکس دست‌ها را روی دوش بغل دستیش گذاشته بود و پاها را بر دوش کسی که در طبقهٔ زیرین هرم ایستاده بود؛ تا بالا، بالاترین نقطهٔ هرم؛ جایی که یگانه صندلی خالی را برای جاناتان رزرو فرموده بودند. قرار بود جاناتان بر دوش مردم سخنرانی کند.

((صد تومن میشه)). گفتم باشد، دست کردم ته جیبم و دوتا تراول پنجاهی گذاشتم کف دستش. مرد خم شد، سرش را برد زیر تخم‌هام و من را رو کولش سوار کرد. از آن بالا دست می‌مالیدم به سر کچل و چربش که با تیغ تراشیده بود. مرد مطیع و فرمانبردار، چیزی نمی‌گفت. شور و اشتیاق مردم به اوج رسیده بود. کف می‌زدند، سوت می‌کشیدند، داد می‌کشیدند. جاناتان سوار بر یک کالسکه‌ئ زرین شکوهمند که با شش اسب کهر و سفید نژاده کشیده می‌شد، پا به بلوار منتهی به میدان اصلی شهر گذاشت. مردم با خوشحالی بر سرش گلبرگ‌های سفید و قرمز می‌ریختند. بچه‌ها ذوق‌زده، هر کدام با قدم‌های چست و کوچک، جیغ و داد می‌کشیدند و مجاور کالسکه می‌دویدند. جاناتان با لبخند یک دستش را به طرف مردم بالا گرفته بود و در عین آرامش، به آهستگی در هوا تکان می‌داد. مردم مثل یاغی‌ها هم را هُل داده، صف‌ها نظم‌شان را از دست می‌دادند. محافظان جاناتان برای تامین امنیت، مردم را با خشونت به عقب می‌راندند. عده‌ای زمین خوردند، چند نفر زیر دست و پا له شدند. مرد کچل طاقت نیاورد. کمرش را خم کرد و سرش را از لای تخم‌هام بیرون کشید: ((دیگه نمی‌تونم، خسته شدم. آسم دارم، نفسم گرفت...)) معطل نشد و رفت. خودم بودم و اضطرابِ تماشای جاناتان. دریایی آدم در کنارت باشد و به هیچ کدام دلگرم نباشی. از بختم توف کردم زمین. توفم درشت و مجلسی افتاد پشت شلوار آدمی که پشتش به من بود و با دیدن جاناتان، حالا حالاها قصد سرچرخاندن نداشت. بی‌نصیب از تماشا، صدای گنگ چرخ‌های کالسکه را

دو گروه تقسیم کرده بود. آن روز که جاناتان می‌خواست برای اولین بار پا به شهر بگذارد، مخالف و موافق برای دیدنش دور میدان تجمع کرده بودند. جاناتان قرار بود در وسط میدان سخنرانی کند. هیچ تریبون و سکو و جایگاهی برای سخنرانیش تعبیه نکرده بودند. موافقین جاناتان می‌گفتند او ساده‌زیست است و به این تجملات احتیاجی ندارد؛ آنقدر وابستهٔ خداست که صداش بدون میکروفون به گوش دنیا می‌رسد. نظر مخالفین چیز دیگری بود. به اعتقاد آنها کسی مایل به شنیدن صحبت‌های پیرمرد نبود. من از سرِ بلوار، خوشحال و هیجان‌زده ایستاده بودم قاطی جمعیت و انتظار می‌کشیدم. باید خودم واقعیت را از نزدیک می‌دیدم. جاناتان... جاناتان... امواج جمعیت همچون موجی خروشان کوچه و خیابان‌ها را در خود غرق کرده بود. هرکس گردن می‌کشید و پابلندی می‌کرد. می‌گفتند دیدنِ جاناتان شفابخش است. مردم سعی می‌کردند با کنار زدن یکدیگر، جاناتان را از نزدیک ببینند. چقدر سرد و بی‌روح بودند. زیاد بودند و تاثیری نداشتند. کم‌کم گروه موزیک، صدای بوق و دهل و شیپور درآورد: دام دالا لالای لام... دام لالا دام دام... من پشت دیوار جمعیت ایستاده بودم. سر و گوش آدم‌ها هر کدام مثلِ آجری بودند به کار رفته در جرز دیوار. آجرها به هم فشار می‌آوردند و یکدیگر را هل می‌دادند. کافی بود زمین بخوری؛ سر و کارت با عزرائیل بود. تعادلم را به زور حفظ می‌کردم، فایده نداشت. از مرد درشت‌اندام و کچلی که ظاهرا بدنسازی کار می‌کرد، خواستم مرا روی کولش سوار کند تا بهتر ببینم. مرد با دستی به ته‌ریش حنایی رنگش گفت:

من و جاناتان

غروب بود و آسمان کم‌کم پیراهن سیاهش را بر تن می‌کرد. در بلوار منتهی به میدان اصلی شهر، همهمه‌ئ عظیمی برپا شده بود. مردها و زن‌های مختلف در صف‌های مختلف با چهره‌های مختلف ایستاده بودند و خود را برای ورود (جاناتان) آماده می‌کردند؛ همان پیرمرد مدیر و مدبِّر با ریش بلندِ سفید، قامت متوسط، چشمان تیزبین. مردم از او به نیکی یاد می‌کردند و او را می‌ستودند. به اعتقاد آنها جاناتان سختی‌های زیادی در زندگی کشیده بود. می‌گفتند زمین و زمان از برکت وجود جاناتان خلق شده.

مردم برای تصدیق حرفشان آیه‌ئ ۳۷ سوره‌ئ یوسف را مثال می‌زدند: إِنِّی تَرَکْتُ مِلَّةَ قَوْمٍ لَا یُؤْمِنُونَ بِاللّٰه وَ هُمْ بِالْآخِرَةِ هُمْ کَافِرُونَ ؛ یعنی هرکه این آیه را قبول نکند، دندش نرم، خونش مباح! با این حال یک عده پرروتر از این حرف‌ها، بیدی نبودند که از هر باد و بروتی بلرزند. این گروه می‌گفتند: هروقت جاناتان عینکش را به صورت می‌زند، خوب و بد را از هم تشخیص می‌دهد.

- : «لابد برای همین است که هیچ وقت روبه‌روی آینه نمی‌ایستد.» این جواب مخالفین جاناتان بود که قاه‌قاه به ریش خودش و هوادارانش می‌خندیدند. بعضی‌ها می‌گفتند جاناتان در جِلد تک‌تک آدم‌ها نفوذ می‌کند. افراطِ قضیه این می‌شد که او همه‌ئ موجودات را خلق کرده است. این حرف‌های ضد و نقیض درباره‌ئ جاناتان - یک موجود حیوان، فراانسان - مخالفین و موافقین او را به

هم داشت. می‌خواست دعایی بخواند خیراتِ متوفی، پولش را من بدهم. قبول

کردم. این نیز برای خودش خوابی بود. از سر خاک به خانه برگشتم.

✹✹✹

مثل اینکه به‌جای پدر و دایی کوچکم، شیخ می‌خواست از شرح خواب در عالم واقعیت هم لذت ببرد. خوابم را تعریف کردم. تمام و کمال. شیخ پرسید: ((این ماجرا که گفتی، مالِ کِی بود؟)) گفتم: ((مالِ وقتی که خواب بودم.))

شیخ تکیه به پشتی، چهارزانو، باز هم جابه‌جا شد. نفس عمیقی کشید. سر و ریشش را خاراند. آرام و قرار نداشت. بی‌آنکه خداحافظی کند، پاشد شال و کلاه کرد و در را محکم پشت سرش بست و از اتاق بیرون رفت. دیگر او را ندیدم. سال‌ها بعد یکی از مراجعینِ خوابگاه که گاهی پیش شیخ می‌آمد و خواب‌هایش را برای او تعریف می‌کرد، من را دید و گفت: ((همان بیچاره را می‌گویی؟ پیرمردِ ساده. یک روز دچار انقلاب درونی می‌شود. می‌گویند خودش، خودش را نمی‌شناسد. رفته اداره‌ئ آگاهی و خودش را به پلیس معرفی کرده.)) پرسیدم: ((جرماش چی بوده؟)) مراجعه‌کننده گفت: ((هنوز کسی نمی‌داند. بعضی‌ها می‌گویند آنقدر با تی و راه‌پله عجین شده که عقلاش را از دست داده. اعتراف کرده سال‌ها قبل، به یک دختر شانزده هفده ساله تجاوز کرده و بعد دختر را به قتل رسانده. حالا با گذشتِ سال‌ها از آن ماجرا، عذاب وجدان گرفته و خواسته خودش، خودش را تحویل بدهد و از این داستان‌ها.))

من دیگر شیخ را ندیدم. تا روز مرگ، سر قبرش. پیرمرد مستمند و ژولیده‌ای کشان‌کشان پای راستش را بر زمین می‌کشید و پیش می‌آمد. یک چوب زیر بغل

تقریبا ریخته بود و آن چند تار موی باقی‌مانده را از وسط کلهٔ طاس به یک‌طرف شانه می‌کرد. آدم را یاد پیرمردهایی می‌انداخت که بعد از سال ها زندگی، نه تنها باید زخم‌های جوانی را بچشند که همچنان باید تن چروک و خمیده‌شان را برای این نوع از زخم ها، آماده، باز بگذارند؛ به خصوص آنهایی که نظافت‌چیِ ساختمان‌هایی هم سنّ و سالِ خودشان می‌شوند، یک تِی می‌گیرند دستشان و به جان راه‌پله می‌افتند. آن‌وقت با راه‌پله، تی و سطلِ آب اُخت می‌شوند. به خیال‌شان برای کاری غیر از تی‌کشیدن آفریده نشده‌اند.

شیخ‌المعبِّر هنوز خوابم را تعبیر نکرده بود. خیره به یک گوشه داشت فکر می کرد. من هم خودم را با تطبیق چهرهٔ او و معصومیت‌های خیالی ذهنم سرگرم کرده بودم و یادم رفت دوباره بپرسم. دیدم خبری نیست، بلندتر گفتم: ((خواب من را تعبیر نمی‌کنید؟))، شیخ مثل فنر، بینگی از جا پرید: ((هاه... چی؟!)) همینجور بِرّ و بِرّ زل زد به چشم‌های من و از من خواست باز هم خواسته‌ام را بیان کنم.

- : ((عرض کردم اگر می شود خوابم را تعبیر کنید، می خواهم بروم.))

- : ((که چی بشود؟))

- : ((که دوباره خواب ببینم و شما تعبیرش کنید.)) شیخ‌المعبر اندکی خودش را جابه‌جا کرد: ((باشد عیبی ندارد جوان، تعبیر می‌کنم، تعبیر می‌کنم... دومرتبه خوابت را تعریف کن.))

بود. مرد شلوارش را کشید بالا، زیپش را بست و رفت طبقهٔ چهارم. ساختمان نیمه‌تمام بود و می‌توانستی آدم‌ها را از بیرون و از بین ستون‌های بتنی نیمه‌ساز تماشا کنی. مرد از همان بالا، تی بلندی از یک گوشه برداشت و شروع کرد به تکاندن گرد و خاک‌های طبقهٔ چهارم. گرد و خاک شبیه آردی که از آردبیز بیخته شود، با رقص خاصی با غبار هوا درمی‌آمیخت و قبل از رسیدن به کوچه، در هوا ناپدید می‌شد. دختر همچنان روی زمین افتاده بود. زنده بود؟ مرده بود؟ تکان نمی‌خورد. قفسهٔ سینه‌اش را نگاه کردم.

تند و گاهی کُند بالا پایین می‌رفت. شلوارش همانطور مچاله افتاده بود روی ساق و مچ پاهاش. شورتش هم یک گوشه با وزش ملایم باد، تکان می‌خورد.

پدر و دایی کوچکم به یکدیگر خیره شدند. بعد به دخترک نگاه کردند. مشخصا مرد، یا جای دیگر را نمی‌دیدند. نگاهشان میخکوبِ دختر بود. سحر و جادو شده بودند. باور کنید تقریبا پنج دقیقه دهان‌شان باز مانده بود. حالا که همهٔ اینها را تعریف کردم، می‌شود زحمتی بکشید و خوابم را تعبیر کنید تا بنده رفع زحمت کنم؟))

شیخ المعبّر پیرمرد خوابگاه بود. در زندگیش همیشه خواب این و آن را می‌شنید و تعبیر می‌کرد. او در خوابگاه به عنوان یک خوابگزار حاذق و دانشمند شناخته می‌شد. همیشه عینک ته استکانیِ دسته مفتولی و بزرگی به چشم می‌زد که قاب آن به خاطر لاغری بیش از اندازهٔ صورتش از دو طرف بیرون می‌آمد. موهاش

می‌مالید. ازش یعنی از دایی کوچکم - فکر می‌کنم واقعا هم کوچک بود - خواستم کاری کند، از پدرم خواستم کاری کند، هر دو ساکت و ایستاده نگاه می‌کردند. خواستم خودم کاری بکنم، دایی کوچکم مچ دستم را فشار داد و جلوم را گرفت. خواستم داد بزنم، چیزی بگویم پدرم مثل لاستیک پنجر، درِ گوشم پیس خالی شد: ((هیسسس!))

خواستم شکایت کنم: ((ما باید نجاتش دهیم...)) هنوز به "ن" نجات نرسیده، پدرم گفت: ((هیسسس!)) گفتم: ((ولی...)) - : ((هیسسس!)) طوری درِ گوشم سوت می‌کشید و هیس‌هیس می‌کرد که دلم می خواست سر به تنش نباشد. باورتان می‌شود یک نفر آنقدر از پدرش متنفر شود که آرزوی مرگش را بکند؟ عجیب اینکه جادو شده بودم و انگار تا رضایت او نبود نمی‌توانستم معترض شوم. به ناچار من هم ایستادم به تماشا. مردک جوری با دخترک ور می‌رفت و تلمبه‌زنان روی بیچاره عقب جلو می‌شد که انگار زن و شوهرِ چند روزه‌اند! اگر قد و هیکلش انقدر یغور نبود و ازش ترسی نداشتم، جور دیگری حسابش را می‌رسیدم. او یک کارگر ساده‌ئ ساختمان بود و حالا همه ئ قدرت را به جای آجر بنایی دستش گرفته بود. هیچکس جرات نزدیکی به او را نداشت تا جایی که نزدیکیش با دختر بی‌نوا کامل شد. دختر به شکم روی زمین افتاده بود و تندتند نفس می‌کشید. آرنج راستش را شبیه حرف اِل خم کرد. صورت و پیشانی‌اش را پوشاند در پناه اِل و زارزار گریه کرد. بدنش پر از خاک و سیمان شده بود. ردّی از پنجه‌های مرد روی لمبرهای گوشتی و ژله‌ایش باقی مانده

مردِ نامعلوم، کارگر قلچماق و یه‌وری، دخترک را به شکم انداخت روی گچ و سیمان‌های تلمبار شده و مثل پلنگ تیر خورده، ناغافل بر شکارش حمله برد. دخترک با آن جثهٔ ضعیف سعی داشت خود را از دست این پلنگ حریص خلاص کند. مرد مچ‌های ضعیف و لاغر دختر را لای انگشان سیاهِ چرکوش محکم نگهداشته بود. کف دست‌های دختر را گذاشت روی تشکی از گچ و سیمان، با آن نیم‌تنهٔ بد قواره و بد بو، شبیه وحشی‌ها عقب بیچاره سوار شد. دختر که نمی‌توانست خودش را از رو زمین بلند کند؛ تخت خوابید زیر مرد و هرچی تقلا کرد، جیغ و داد به راه انداخت، افاقه نکرد که نکرد. فقط ما سه نفر بودیم. آن ساختمانِ نیمه‌ساز آنقدر خارج از شهر و پرت بود که حتی رد شدن یک سگ و گربه هم حکم نجات‌بخش را داشت. مرد به هر ضرب و زوری شده شلوار دخترک را از پایش بیرون کشید. پوست سفید و بلورین دخترک به یک شورت نازک بند بود. لمبرهاش از شدت خستگی و استرس می‌لرزیدند. کارگر ساختمان با یک دست هر دو مچ دختر را نگه‌داشت و با دست دیگر همه چیز را مهیا کرد. شورت دختر را جوری از پایش کشید و در آورد که شورت با صدای زشت و زننده‌ای جر خورد. جیغ و فریادهای گوش‌خراش دختر به طاق آسمان می‌کوبید و از کمک خبری نبود. پدر و دایی کوچکم نگاه می‌کردند. شاید چندان هم از این نمایش زنده بدشان نمی‌آمد. ببخشید، درست نیست این را بگویم... شاید هم نمی‌دانم... یک لحظه زیرچشمی به دست داییم خیره شدم. از جیب شلوارش، دستش را به نرینه‌اش رسانده بود و یواشکی

من و شیخ المعبّر

- : ((نمی‌خواهم سرتان را درد بیاورم. همینکه به حرف‌هایم گوش می‌دهید از شما ممنونم. نمی‌دانم از کجا شروع کنم؟ راستش... خمیدگی هم تاریخی دارد... من و پدرم به اتفاق دایی کوچکم، روبه‌روی یک ساختمان چهار طبقه و نیمه کاره ایستاده بودیم. هنوز داخل ساختمان از نمای بیرون مشخص بود. سه تا دخترِ قد و نیم‌قد جَلدی با شیطنت از پله‌های سنگ نشده و سیمانی ساختمان بالا رفتند. مردی که نمی‌توانستم چهره‌اش را خوب ببینم، مثل غول چراغ جادو، سر راه دخترها سبز شد و جلو راهشان را گرفت. آن دوتایی که کوچکتر بودند به چابکی از لای دست و پاهای مرد فرار کردند. در عوض آن یکی که بزرگتر بود (به نظرم شانزده هفده سال داشت)، نتوانست فرار کند و گیر افتاد. من و پدرم به اتفاق داییِ کوچکم، ساکت ایستاده بودیم و تماشا می‌کردیم. مردِ نامعلوم بازوی دخترک را گرفت و قصد کرد او را روی خاکروبه‌های ساختمان که یک گوشه به حال خود تلمبار شده بود، پیاده کند. دختر بی‌نوا با ناز و عشوه می‌خندید و می‌گفت: ((ولم کن، می خواهم بروم... ولم کن.)) تا اینکه فهمید اصلا شوخی‌ای در کار نیست؛ بخت و اقبالِ او خوابیده و عوضش مالِ مرد بیدار شده. رنگ از چهره‌اش پرید، عین گچ، سفید سفید؛ می‌شد همان را برای سفیدکاری دیوارها استفاده کنی!

زیر توده‌ئ پرپشتی از ریش و سبیل، ناپدید شده، تندتند می‌جود. آرام و قرار ندارد و نمی‌تواند سر جایش بایستد. کتاب را زیر بغلش سبک سنگین می‌کند. او ساکت است، من ساکتم. اسقف خیزی به عقب برمی‌دارد، با شکم برآمده‌اش جَلدی به هوا می‌پرد و کتابی را که همراهش آورده با تمام قدرت بر فرق سرم می‌کوبد. سر و مغزم در گردنم می‌ترکد. مهره‌های گردنم خرچ‌خرچ مثل نان خشک، در هم شکسته و خرد می‌شود. چیزی نمی‌فهمم. چرخی خورده، سکندری و الاغ‌مست چند قدمی عقب‌عقب می‌روم و با پشت، زمین می‌افتم.

دوباره مثل قبل شده‌ام. هیچ جا را نمی‌بینم؛ دوباره کور شده‌ام. صدای اسقف را می‌شنوم که با عصبانیت داد می‌زند: ((مگر مجبوری از چیزی بنویسی که هنوز درک‌اش نکرده‌ای، کَلّاشِ کور؟))

***

بَع‌بَع بالا بیاورد! چه داستان‌ها که اسقف به شاگردان سیاه‌پوشِ صومعه، نیاموخته بود.

ذهنم هر سو به دنبال یک دست‌آویز می‌گشت تا خودش را سرپا نگه دارد. می‌دانستم هذیان می‌گویم، باور نمی‌کردم. دستم را گرفتم به چیزی شبیه یک میله. میله بود؟ چه فرقی داشت! بلند می‌شوم. از جایی به جایی می‌روم. در تیرگی بی‌انتها، هیچِ مطلق، کورسویی می‌بینم. کور سو نزدیک و نزدیک‌تر می‌شود. نوری است ریزتر از نقطه‌ای. هر چه پیش می‌آید وسعت می‌یابد و پهنه‌اش فراخ‌تر می‌شود. نقطهٔ نورانی به‌یکباره از هم می‌شکافد و چیزی شبیه بیگ‌بنگ، معجزه‌آسا و پرصدا در برابر چشمان کورم رخ می‌دهد. نور، شتابنده و ناگزیر، خودش را از دورترین نقطه به سوی چشمان ناظر من می‌رساند و در برابرم به یک انفجار کامل بدل می‌شود. می‌توانم چشمانم را باز کنم و پیش رویم را ببینم. درست می‌بینم؟ اسقف، اسقف آمده است. اینبار موزتا به تن دارد؛ جلیقه‌ای کوتاه به طول آرنج و یک شنل صورتی پررنگ که شانه‌هایش را می‌پوشاند. خپلو، چاق‌چاق قدم برمی‌دارد. کتاب قطور پربرگی را زده است زیر بغلش. آن یکی دستش را تخته شلنگ، وِل در هوا می‌چرخانَد و تیز و بز نزدیک می‌شود. گویا قبل از کور شدنم متواضع‌تر بود. روبه‌رویم می‌ایستد. جوراب ساق‌بلند پوشیده، گردن‌بند بزرگی از صلیب به گردن دارد. صورت گرد و گوشتالوش از عصبانیت همرنگ کلاهِ کامارو مخملی است که به سر دارد؛ تا بناگوش سرخِ سرخ. ساکت، تندتند نفس می‌کشد. من هم ساکتم. لبهایش را که

خودم دلداری می‌دادم: ((بی‌طاقتی‌ام به این دلیل است که تازه کور شده‌ام، وگرنه آدمیزاد بی سر و پاست و اول و آخرش باید تقدیم شود به خاک. بعدش هم که همیشه نابیناست. خب من از حالا نابینا هستم. از من خیلی نابینایانِ بدتر و تنهاتری هم بوده و هستند.))

سرم را گذاشتم بین دو تا کف دستم و تقریبا محکم فشار دادم. سرم درد می‌کرد. دیگر نمی‌توانستم کتاب‌های صومعه را بخوانم؟ پس این اسقف که همیشه می‌گفت: ((هیچ چیز، همه چیز نیست!)) کدام گوری رفته؟ به حرفش که فکر می‌کنم خنده ام می گیرد؛ نمی‌دانم. شاید از اول این نابینایی با من بوده و تازه متوجه شده‌ام؛ نمی‌دانم. فکر می‌کنم هیچ‌چیزم همه‌چیز شده؛ ثابت و برقرار، بی‌ذره‌ای تحرک یا دریغ از کوچک‌ترین تنوعِ پوست‌کنده‌ای... نمی‌دانم، نمی‌دانم...

اسقف می گفت بزرگ می‌شوی و حقیقت را می‌فهمی. بزرگ شدم و فهمیدم حقیقتی که در صومعه یادم داده‌بودند، به لعنت خدا هم نمی‌ارزد. چه کسی باور می‌کند که یک عرب برود وسط جنگل، یکدفعه گرگ به او حمله کند، با گرگ کلنجار برود، گرگ بِکِشَد، او بکشد، تا اینکه قطره اشکی از پلک‌های مرد اعرابی روی پشم گرگ چکه کند، گرگ بلند شود، در هوا چرخی بزند و به یک برّهٔ کوچولوی پرواری مبدل شود؟ تازه خرخرهٔ گرگ بشود اسباب رسوایی و

در این بحبوحه من هم در امان نماندم؛ از ضربهٔ سنگی که بی رحمانه به تخم چشمانم اصابت کرد، بیناییام را از دست دادم و کور شدم. به زحمت توانستم با اسبی که همانجا رها شده بود خودم را از حملهٔ اعراب نجات دهم. مدتی خودم را در زیرزمین یکی از صومعههای بخش روستایی، صومعهٔ نویسنده خداست، حبس کردم. فرورفته در سیاهی مطلق؛ چشمانم در سیاهی، خونآلود و زخمی و خودم هم خسته و ناامید، در انتظار نوری که هیچگاه از افق آسمان اقبالم طلوع نکرد. سیاهی خمیرهٔ جانم را سرشته بود. باید میلرزیدم. اگر صدایی میشنیدم میلرزیدم که یک وقت اَعرابی نباشد. حالا که جنگلهای سوئد و سوئیس را سُمّ خر و قاطر عرب طی میکند، چرا من چشمم را از دست ندهم؟ با خودم حرف میزدم و زمزمه میکردم: پس اسقف و باورهایش چه شد؟ گاهی که خسته میشدم، زانوهام را در سینه جمع کرده، مینشستم یک گوشه و زارزار میگریستم. احساس گناه میکردم. زمانی حرفهای اسقف را باور کرده بودم. آنها را مقدساتی مسلم میپنداشتم. به خاطرشان حاضر بودم از جان مایه بگذارم. اسقف با آن صدای بم و کلفت مردانهاش میگفت: ((هر (آمدنی) ، (بازگشتی) دارد و زندگی در اینجا (آمدن) و (رفتن) به آنجا (بازگشت) است.)) از خودم میپرسیدم: ((اینکه چشمهایم را از من گرفتهاند، بازگشتِ امانت است یا آمدن، و اگر آمدن، آمدن به چه چیز؟ نابینایی یک دیوانه، کسی که مقبولیت پیدا کرده و میخواهد اُسقُف و پیشنماز ناحیه شود، چقدر اثرگذار خواهد بود؟)) شاید حوزههایی را میکاویدم، بعدش چه؟ به

مثل راه‌رفتن است. من به تازگی بینایی‌ام را از دست داده بودم. دیروز بود یا امروز، نمی‌دانم. زمان زیادی نمی‌گذرد. شبی، صبحی، وقتی (برای تاریخ چه اهمیتی دارد چه ساعتی باشد؟) بعد از حملهٔ وایکینگ‌ها به عربستان این اتفاق افتاد. اقوام وایکینگ بر آب‌های اروپا فرمانروایی می‌کردند و فاتحِ بی‌چون و چرای بخشی از جهان بودند. وایکینگ‌ها هیچ‌گاه در طول تاریخ با عرب‌ها نجنگیده بودند و اینبار از بخت بد و کج و کوله‌ئ من، جنگ سختی میان طرفین درگرفته بود. عرب‌ها سوار بر اُشتر جمّازه، شمشیر زنان و هلهله کشان، با تیر و کمان و نیزه‌هایی به بلندای دو برابر طول یک انسان، به منطقهٔ وایکینگ‌ها حمله کردند؛ نزدیک جایی که صومعه‌ئ ما، "صومعه‌ئ بزرگان الهی" قرار داشت. با آغاز این حمله که در هیچ کتابی نوشته نشده زیرا اساس تاریخ بر فراموشی است، اسقف به قتل رسید. یک اعرابیِ لخت و پاپتی به نام "عبدالقادر خالد قادر" او را با نیروهای دشمن اشتباه گرفت و به دلیل همین سوتفاهم سر به نیست کرد.

وقتی عرب‌ها به صومعه‌ئ ما وارد شدند همه جا را به آتش کشیدند. صندلی‌ها را شکستند. محراب و شمایل‌های مقدس را سوزاندند. بر پیشانی تندیس گچی و لخت و عریان مسیح که عاجزانه به صلیب کشیده شده بود، با کلمات درشت و سیاه نوشتند: الله.

می‌دهم، تو کاری نداشته باش)) بعد مشت‌های قرص و محکمش را جلوی چشمانم گرفت و اخم‌هایش را در هم کشید.

یاد آن روزها تسلّیِ خاطرم بود. حالاکه چشمانم را از دست داده بودم دیگر نه می‌توانستم ژولین و نه اسقف را ببینم. مجبور بودم در دالان ذهنم کنجکاوانه و دست به عصا، یاد و خاطره‌ای از اسقف را جستجو کنم. افسوس خاطره‌ام ضعیف‌تر از این حرف‌ها، کور شده بود. اسقف را نمی‌دیدم، چیزی نمی‌دیدم. جز ساعت‌ها نشستن، درخلوت، فرو رفته در سیاهی چه می‌توانستم بکنم؟ چقدر ذهنم می‌خواست خودش را از این مصیبت آزاد کند و مثل چشم‌هایم نبیند. در ذهنم همچنان یک حفره‌ٔ تنگ و بسیار ریز، به اندازه‌ٔ یک سر سوزن از دوردست‌ها خودنمایی می‌کرد و می‌درخشید؛ نقطه‌ای که تنها اتّصال من با آن روزهای سپری شده و از دست رفته بود. در امتداد آن نقطه، در امتداد کیلومترها تونل تاریک، همچنان صورت اسقف را می‌دیدم.

صورت گرد و گوشت‌آلوش را با آن لپ‌های آویزان و دماغ پهن، بی آنکه این نقطه، این دریچه‌ٔ اسرارآمیز بسته شود یا اسقف خیال کناررفتن از پشت آن را داشته باشد.

شاید خودِ من که این دریچه را فرض می‌کردم رونوشت ساده‌ای از ذهن دیگری بودم؛ اینها را در این نابیناییِ پیش‌آمده از اسقف آموخته بودم. چرا نابینا شدم؟ چرا بینا نشدم؟ آدم نابینا باید فقط از خودش سوال بپرسد. سوال‌کردن براش

زینتِ موروثی است، زینتِ دنیوی نیست. آنچه زینت دنیوی نباشد می‌تواند از هر میزان طلا و تزیینات بهره ببرد.

زمان بینایی می‌توانستم مُعَظَّم‌لَه را ببینم. ایشان در ادامه می‌فرمودند: ((سه تاج، نمایانگر سه عملکرد پاپ به عنوان "کشیش عالی" ، "معلم عالی" و "اعلی اعظم" است.)) آنروزها را فراموش نمی‌کنم. هم‌ردیف من ژولین بود. مثل خودم از شاگردان حاذق به شمار می‌رفت. به قدری مهارت داشت که می‌توانست بدون تکلّف، انجیل را به لاتین از بَر بخواند. ژولین گاهی در میان خطابه‌ها و مواعظ اسقف، با نهایت گستاخی می‌گوزید و صداهای ناهنجاری از کون و شکمش خارج می‌کرد. شاگردانی که نزدیک میز و صندلی‌های ما نشسته‌بودند زیرزیرکی می‌خندیدند و شکلک درمی‌آوردند. نمی‌دانم حضرت اسقف هم می‌شنید یا نه. خیلی طبیعی رفتار می‌کرد. شاید پیش خودش فکر می‌کرد: یک گوز اینقدر ارزش ندارد که به خاطرش تدریس را ول کنم و بگردم دنبالِ گوز زَن! قضیه همیشه به خیر می‌گذشت و من که یکبار به ژولین گفتم: ((چرا وسط حرف‌های اسقف می‌گوزی؟ این کار تو نوعی بی‌احترامی به مسیح است...)) ژولین با پررویی گفت: ((گوز چیز بدی نیست؛ تو با آن، گفته‌های دیگران را تصدیق می‌کنی و به جای دهان، " بله" را از سوراخ دیگری گفته‌ای!)) در پاسخ این استدلال می‌گفتم: ((یعنی تو آهنگ و لحن کلام را با صدای بیز و گوز که آنقدر زننده است، یکی می‌کنی؟)) ژولین گفت: ((خودم مکافات اعمالم را

من و حضرتِ اُسقف

دیروز بود یا امروز، اهمیت ندارد. مهم این است که بینایی‌ام را به طور کامل از دست داده و پرده‌ای ضخیم و سیاه، یکپارچه بر چشمان نداشته‌ام کشیده شده بود. بی‌دریچهٔ نور یا روزنی از امید در حصاری ظلمانی، تیره و نامنتها گرفتار بودم. با خودم می‌گفتم: شاید اینجا همان جایی است که کسی درکش نمی‌کند، یا شاید هم آن جایی که من کسی را درک نمی‌کنم!

حضرت اُسقف از اهالی صومعه بود که ضمن پیشوایی، مسئولیت کشیش ارشد داشت. در صومعه از بزرگان و ریش‌سفیدان به‌شمار می‌آمد و همواره در خطابه‌هایش اندرز می‌داد: ((هر وقت چشم‌هایت را ببندی دیگر چیزی نمی‌بینی و اگر چیزی نبینی، آن چیز وجود نخواهد داشت. لازمهٔ وجودِ چیزی، همانا درک شدن است و درک شدن، مستلزمِ مُدرِکی است.)) از حرف‌های نسبتا مبهم‌اش چیزی سردرنمی‌آوردم. مبهوتِ ردای بلندِ سفید و روپوش سیاه اسقف می‌شدم با تاجی سه‌گانه و به شکل مخروط که به آن تیارا می‌گفتند.

تیارا شبیه کندوی زنبور عسل بود که حال به جای آویزان‌ماندن از شاخهٔ درخت، بر کلهٔ طاس و سفید حضرت اسقف جا گرفته‌بود. حضرت اسقف دقت خاصی در مراقبت از این تاج سه‌طبقه مبذول می‌فرمودند. گاهی با اشاره به یاقوت کبود، زمرد و سنگ‌های قیمتی به کار رفته در آن می‌فرمود: سه‌تاج،

ایستاده بود جلوی در خروجی دادگاه و به من و جنازه‌ی کوچکی که برای همیشه به خواب رفته بود، می‌نگریست. نمی‌توانستم چشم‌هاش را ببینم. جز اینکه خیلی چیزها را یا نمی‌دیدم یا خیلی دیر می‌دیدم (مثل رنگ موهای کودک که تازه متوجه شده بودم فرِ قرمز اخرایی است) درباره‌ئ او شدیدا احساس می‌کردم دارد نگاهم می‌کند. مامور مجازات حکمم را قرائت می‌کند. چیزی نمی‌شنوم. من اعدام می‌شوم.

***

دست‌های گوشتی و عرقوی مامور حفاظت صداهایی از خودم درمی‌آوردم که به عوعو، هوهوی جغد شباهت داشت. این آخرین تلاش‌ها برای زنده ماندن بود. بر خلاف من، کودک به چابکی و تجلّد به طرف دستگاه سیّار اعدام رهسپار شد. آهسته و خونسرد از پله‌ها بالا رفت. یک نفر فورا یک چهارپایه آورد و زیر پاش گذاشت. کودک ـ حتی وقتی طناب کلفت و پوست‌پوست شدهٔ خردلی‌رنگِ اعدام را دور گردنش می‌آویختند ـ شاد و قبراق به‌نظر می‌رسید. با اینکه دست‌های ظریفش را از پشت به هم بسته بودند همچنان قهقهه می‌زد. آنقدر با چارپایه بازی‌بازی کرد که قبل از کشیدن آن توسط مسئول اجرای حکم، چارپایه کج شد و کودک با چیزی حدود دو متر فاصله از زمین، ناگهان سقوط کرد و خودش، خودش را اعدام کرد. وقتی رنگ صورتش می‌رفت تغییر پیدا کند و از انسداد سرخرگ‌های حیاتی گردن، کبود شود، من را به جلو بردند تا جای او را بگیرم. بر خلاف کودک نمی‌خندیدم.

در این شیوه از مردن نمی‌توانستم بهانه‌ای برای خود جور کنم. کودک آن بالا تکان‌تکان می‌خورد. پاهایش به سرعت در هوا وول می‌خوردند. سرانجام بدن لطیفش از فعلیت ایستاد. گردنش به دلیل شکستگی و دررفتگی مهره‌ها درازتر و کشیده‌تر به نظر می‌رسید. دو نفر از گلِ طناب بازش کردند و جسم بی جانش را پایین کشیدند. از لابه‌لای جمعیت و شلوغی سالن چشمم به عضو علی‌البدل افتاد. خوش لباس، قامتی کشیده، با عینک آفتابی شبیه بازیگر فیلم ماتریکس.

به جرم بر هم زدن نظم عمومی و تخطی از قوانین، به اعدام محکوم می‌شوید؛ ختم جلسه.)) چکش عدالت سه چهاربار روی میز ضرب گرفت و پژواکش در سالن طنین‌انداز شد.

- : "بسیار خوب، پس می‌خواهند تمام شود؛ من هم قبل از مردن اعتراض می‌کنم". این را به خودم گفتم و صبر نکردم. از پشتم کودک را انداختم پایین، بلند شدم و عصبانی داد زدم: ((این دیگر چه حکم مسخره‌ای بود؛ من که هنوز محاکمه نشدم.)) خواستم از آن حصار قفس‌مرغی که دورم کشیده بودند بیرون بپرم، دونفر گارد امنیتی ریختند رو سرم. دست و بازوهام را گرفتند و محکم نگه‌ام داشتند. حیف دستم از مچ چسبیده بود. من داد می‌زدم، جیغ می‌کشیدم. جیغ، داد، فحش می‌دادم، بد و بیراه می‌گفتم، دندان‌قروچه می‌رفتم. به همه؛ به دادستان، به قاضی، به هیئت منصفه، به آن جوان خوش پوش که بعد از رای، یکدفعه غیبش زده بود؛ به همه بدترین فحش‌ها را می‌دادم. فحش تنها سلاحم در آن لحظات بود. داد می‌زدم: "اعدام‌ام کنید عیب ندارد، در عوض مادر تک‌تک‌تون جنده است حروم‌لقمه‌ها!" یکی از دو مامور حفاظت کف دستش را دوتای صورت من، گذاشت روی دهنم و جلوی اعتراضم را گرفت. لحظاتی بعد چهارچرخه‌ئ بزرگی را که یک چوبه‌ئ دار سیّار بر فراز آن نصب کرده بودند کشیده، به وسط سالن آوردند. با اهرمی که کنار چهارچرخه نصب شده بود، مثل جک ماشین، چندبار بالا-پایین، بالا-پایین کردند و بهش فشار آوردند تا چوبه و طناب دار، به آهستگی تا نزدیکی سقف به اهتزاز درآمد. من از پشت

گیج، دور خودش می‌پلکید. قاضی گفت: ((با توجه به برهم زدن و اختلال امنیت دادگاه، این دو را باید با هم محاکمه کنیم...)) مردی که برای اولین بار پارس می‌کرد، چندبار زوزه کشید. قاضی برافروخته جواب داد: ((می‌شود، می‌شود، عضو هیئت منصفه هم که باشد می‌شود...))

کودک را آوردند پشت جایگاه. یک صندلی بیشتر نبود. قدش کوتاه بود. دو چشم ریز زیتونیش به زحمت دیده می‌شد. از نگاهش خوشم نمی‌آمد. هم ابله بود و هم اهریمن! قاضی گفت: ((اینطوری نمی‌شود، باید برود روی صندلی. تو بلند شو، زودباش.)) من بلند شدم. کودک سر جام نشست. فایده نداشت. همه‌اش از روی صندلی سُر می‌خورد و می‌افتاد پایین. – : ((اینطوری هم نمی‌شود... باید برود پشت تو، این بهتر است. خَم شو، خمشو وقت نداریم)). به دستور قاضی خم شدم و مثل میز، چهاردست‌وپا بر زمین افتادم. کودک پشتم ایستاده بود و با لغزاندن کف پاهای کوچکش بر استخوان‌های کتفم، سعی می‌کرد تعادلش را حفظ کند. صدای قاضی را می‌شنیدم.

بعد از قرائت خطابه‌ای رسمی، با صدایی غرّا که هیچ‌گونه تناسب با اندام لاغر و تکیده‌اش نداشت گفت: ((خانم یا آقای کودک! شما و این دوستتان به اتّهام...به جرم... به اتّهامِ...)) کلمات را گم کرده بود. صدای خش‌خش کاغذها را که احتمالا برای همین قاضی دست‌پاچلفتی بود، می‌شنیدم. دادگاه کاملا ساکت بود که یکدفعه قاضی گفت: ((آها، پیدا شد، این هم از تبصره! شما دونفر

چکش را بردارد که همه از جمله خودم از جا پریدیم و نگران داد زدیم این کار را نکن. قاضی یکسره می‌خندید: ((هرکاری دلم بخواهد می‌کنم و مقام هیچ‌کس در این جمع، بالاتر از قاضی نیست. و مقام هیچ قاضی‌ای از شخصِ قاضی‌القضات (به خودش اشاره کرد) بالاتر نیست!)) چکش را دوباره روی میز کوبید. اینبار بلندتر از دفعهٔ قبل، جوری که سمفونی فولاد و چدن بود تا چکش و چوب. کودک اینبار نه تنها گریه نکرد، که مثل قاضی بنا را گذاشت به خنده و ریسه‌رفتن. کفِ دست‌ها را محکم می‌زد رو زانوهاش، عقب جلو می‌شد و کودکانه هرهر می‌خندید. قاضی عصبانی شده بود. نمایندگان دادگاه گیج شده بودند.

از ابتدای جلسه به نظر نمی‌رسید احساس به خصوصی داشته باشند. هر اتفاقی می‌افتاد مستقیم و عصاقورت‌داده، فقط نظاره می‌کردند. قاضی به نیم‌خیز بلند شد، دستان بی‌برکتش را گذاشت روی لبهٔ میز و روبه حضار گفت: ((خانم‌ها و آقایان! هر چه با خودم فکر می‌کنم، می‌بینم ما باید از اول هم در تعیین اعضای هیئت منصفه دقت می‌کردیم.)) سراسر دادگاه مثل یک سگ‌دانی نمور و بزرگ یکصدا پارس کردند. قاضی ادامه داد: ((عضو علی البَدَل را فرابخوانید.)) چند دقیقه بعد یک جوان خوش‌قامت شیک‌پوش در جایگاه هیئت منصفه حاضر شد. از پشت نرده‌های نیم‌قد چوبی که دور جایگاه هیئت منصفه کشیده بود، کودک را از زیر بغل‌هاش گرفتند و بیرون آوردند. عضو علی‌البدل سر جایش نشست. کودک را آوردند گذاشتند جلوی میز قاضی. هراسان بود. شاید هم

قاضی با احساس خوشایندی که از این تعریف به او دست داده بود به پشتی صندلی‌اش که یک سر و گردن از سر و گردنش بلندتر بود، تکیه داد. باریکه‌ای از نور آفتاب خط باریک و روشنی بر نیمرخ پر چین و چروکش می‌انداخت. صورتش نورانی و جدّی بود. چشمانش با شعاعی خشک، آدم را مرعوب می‌کرد. کودک یکدفعه ساکت شده بود. به نظر می‌رسید یک بمب ساعتی می‌خواهد منفجر شود. همه به آرامی سرجاشان تکان می‌خوردند. سکوتی بعد از آن همه داد و فریاد و درهم‌ریختگی فضای سالن را پر کرده بود. بی‌دلیل؛ شبیه ترانه‌های مایکل جکسون که بعد از کلی سر و صدا و بزن بکوب، همه چیز یکدفعه رنگ مرگ و خاموشی می‌گیرد. تنها صدا، صدای خشک جیرجیر صندلی‌ها بود. همگی مسخ شده بودیم. قاضی از پنجره داشت بیرون را تماشا می‌کرد. کودک راست و مستقیم به من زل زده بود. اعضای هیئت منصفه سقف را نگاه می‌کردند. حضار هم به این ترتیب: عقبی‌ها پشت سر جلویی‌ها را نگاه می‌کردند و جلویی‌ها هیچ‌جا را نگاه نمی‌کردند. به جای قاضی با آن شنل بلند و سیاه که انسان را به یاد فرشتهٔ مرگ می‌انداخت، خستگی در کنگره‌های دادگاه قضاوت می‌کرد. نفس های کند و گاهی تند، دهن‌دره‌های شکسته–نیمه و دست‌هایی که بی‌وقفه پشت هم را می‌خارید، بی آنکه گزش زنبور یا حشره‌ای در کار باشد. قاضی قصد کرد همچون رعد و برقی کوبنده تنبلی و رخوت سالن را در هم‌بشکند. به حالت نیم‌خیز مچ لاغرش را که به چوب خشک یا دستان مُرده شباهت داشت از حلقهٔ گشاد آستین‌اش بیرون کشید؛ می‌خواست

پرونده‌های قطور و کلفت و طبقه‌های کاغذ جلوی دستش را زیر و زبر کرد. عینک دورگردش را گذاشت روی دماغ نوک‌تیزِ عقابی؛ تنها عضوی از بدنش که ظاهرا جوان مانده بود و خوب، بو می‌کشید. به سرعت خطهایی را از نظر می‌گذراند و عالمانه، سر تکان می‌داد. پرونده‌ها را یکی پس از دیگری باز می‌کرد و می‌بست. کودک جیغ می‌کشید، خفه جیغ می‌کشید. صداش خراشیده بود. گلویش زخم بود. جیغ، جیغ می‌کشید. ونگ می‌زد، ولی خفه. قاضی گفت: ((آقا یا خانمِ من! شما به اتهام...به اتهام...)) مدام با انگشت سبابه روی چانه‌اش ضرب می‌گرفت و ریش بلند و ژولیده‌اش را می‌خارید.

- : ((اصلا، اصلا شما خودتان بگویید که جرم‌تان چیست؟)) هیچکس نسبت به این رای قاضی واکنش نشان نداد. نمی‌توانستم تنهایی‌ام را در این بهتِ عجیب و غریب باور کنم. ملتمسانه جواب دادم: ((من؟ ولی آخر من که چیزی نمی‌دانم جناب قاضی.))

قاضی با عصبانیت بیشتر گفت: ((پس ما چطور حکم صادر کنیم؟)) گفتم: ((من چه می‌دانم آقای قاضی، نمی‌دانم آقای قاضی، شما قاضی هستید آقای قاضی.))

قاضی گفت: ((کافی است، کافی است... خودم خوب می‌دانم چه کاره‌ام؛ لازم نکرده اینقدر شغلم را به رخم بکشی! تو می‌دانی در پیشگاهِ چه کسی قرار گرفته‌ای؟)) کودک کم و بیش جیغ می‌زد. هوا گرم بود. با خستگی گفتم: ((بله آقای قاضی، همان کسی که جان و زندگی‌ام در دست اوست.))

جمع شده و ناراضی از وضعیتی که در آن گرفتار شده بودند، سعی می‌کردند کمر و باسن‌شان را تا جای ممکن از روی صندلی بلند کنند و گوش‌هاشان را از جیغ‌های بلند و ممتد بچه در امان نگه دارند. یکی از حاضرین از انتهای سالن، چسبیده به در ورودی بزرگ و سلطنتی دادگاه قیام کرد، دستش را بالا گرفت و سه بار محترمانه پارس کرد: ((هاپ، هاپ، هاپ)) بچه همچنان جیغ می‌کشید و گریه می‌کرد. حاضرین در جلسه همهمه می‌کردند.

برای اینکه صدا به صدا برسد، قاضی داد زد: ((دوباره، دوباره... (بچه جیغ می‌کشید، نعره می‌زد...) دوباره پارس کن!)) و او دوباره پارس کرد. بچه جیغ می‌کشید. صدای ضیق، آزاردهنده، جیغ. جیغ می‌کشید، جیغ. ونگ می‌زد. دست خودش نبود. چندتا حضار دیگر هم پارس کردند. قاضی منظورشان را فهمید. با چکش عدالت تندتند روی میز می‌کوبید و سایرین گاه همصدا و گاهی پراکنده، پارس می‌کردند و کودک جیغ می‌کشید. قاضی داد می‌زد: ((نمی‌شود، نمی‌شود... او یکی از اعضای هیئت‌منصفه است، نمی‌شود بیرونش کنیم...)) یکی از اعضای هیئت منصفه گوش‌هاش را با دو دستش محکم فشار داده بود: ((پس هرچه زودتر این یارو (به من اشاره کرد) را محاکمه کنید.)) قاضی حرفش را تصدیق کرد. کودک همچنان جیغ می‌کشید. کسی حتی جرئت نداشت بهش دست بزند؛ انگار با داد و قال تقدیس شده بود. کم‌کم رمق برایش نماند و صداش داشت می‌گرفت. همینکه قدری تُن صداش پایین‌تر آمد و دادگاه می‌رفت به ساحل آرامش نزدیک شود، قاضی دست به کار شد. سریعا

محاکمه، یکی از اعضای هیئت منصفه که از قضا پسربچه‌ای خردسال بود با جیغ و صدایی بلند و گوش‌خراش به گریه بیفتد. همه نگاهشان متوجه کودک شد. یک ریز گریه می‌کرد. کودک مشت‌های کوچکش را مرتبا به سر و صورت و چشمانش می‌مالید، از این چشم به آن چشم. فکر کردند به خاطر نور خورشید است که با عبور از پنجره‌های سفید و تمام‌قد دادگاه، به صورتش می‌زند و گریه‌اش را درمی‌آورد. در حقیقت نور خورشید به صورتش نمی‌تابید. یکی گفت: ((حتما از بی‌حوصلگی است، باید فکری کنیم)). و قاضی به من اشاره کرد: ((آقا یا خانم من! شما، شما مسئولش هستید. کاری کنید که دیگر این بچه گریه نکند.))

من هاج و واج نشسته بودم. بلند شدم، مامور امنیتی نزدیکم شدم. دوباره نشستم. صندلیم محصور در حفاظ کوچکی از نرده‌های فلزی بود که طولشان تقریبا تا نزدیک زانو می‌رسید. چیزی به ذهنم نرسید. اگر هم می‌خواست برسد از دیدن قد و هیبت مامور امنیت از یادم پرید. برای اینکه ساکت نمانم گفتم: ((جناب قاضی! من که نمی‌توانم کاری کنم. اگر شما چکش‌تان را روی میز نکوبید، شاید کودک گریه نکند)). کودک بی‌وقفه ونگ می‌زد و دست بردار نبود. قاضی با عصبانیت گردن پیر و لاغرش را دراز کرد طرف من: ((چی، نفهمیدم! تو تصمیم می‌گیری چی کار کنم، چی کار نکنم؟!)) گفتم: ((خب آخر چه کاری از دست من ساخته است؟ من که تقصیری ندارم!)) بچه انقدر بلند جیغ می‌کشید و جیغ می‌کشید که همه را کلافه کرده بود. آنهایی که نزدیکش بودند، با لب و دهان

منتهی‌الیه میز قاضی نشسته بودند. وکیل نداشتم. دادگاه حکم کرده بود آدمِ زنده، به وکیل وصی احتیاجی ندارد. جلسهئ محاکمهئ «من» آغاز شد. آفتاب در سینه‌کش آسمان بود و می‌رفت که غروب کند.

من یک پیراهن و شلوار سبز راه‌راه با خطوط نارنجی به تن کرده بودم و یک جفت دمپایی بنفش، پام بود. دست‌هام را از مچ، با چسب قطره‌ای به هم چسبانده بودند؛ یک‌جور چسب قطره‌ای خیلی چسبنده. ماموری که داشت قبلش روی دستم امتحانش می‌کرد می‌گفت با این روش دیگر احتیاجی به دست‌بند نیست. چندبار سعی کردم مچ‌هایم را از هم باز کنم، نتوانستم. با برقراری سکوت و نظم، قاضی از همگان خواست تا قیام کنند. همه قیام کردند. من هم قیام کردم. بعد همه نشستند. من هم نشستم. مامور دادگاه به دستور قاضی کتاب کوچک قرمزی را بر لبهئ پیشخوانِ میز متهم یعنی "من" قرار داد و امر کرد: ((سوگند یاد کن که هرچه نمی‌دانی نمی‌دانی و هرچی می‌دانی، می‌دانی و به دروغ نمی‌گویی که آنچه را نمی‌دانی، نمی‌دانی، و به دروغ نمی‌گویی که آنچه را می‌دانی، می‌دانی)) ، و من این جمله‌ها را با یکی دوبار غلط و تکرار، با صدایی که نه می‌لرزید و نه قاطعیت داشت و فقط بی‌تفاوت بود، تکرار کردم.

قاضی دستی به ریش بلندش کشید. آن را مرتب کرد. چکش را برداشت و خیلی خونسرد چندین بار روی میز کوبید. همین کافی بود تا پیش از آغاز

من و روز دادگاه

جلسه‌ئ دادگاه در تالاری بزرگ و مجلل با سقفی بلند و مرتفع، ستون‌هایی نوک‌تیز به سبک معماری گوتیک و دیوارهایی آراسته به نقش و نگارهایی عجیب و غریب برگزار شد. حاضرین در سالن در پشت محدوده‌ای که برای آمرین دادگاه در نظر گرفته شده بود نشسته بودند و داشتند به نجوا، گنگ و نامفهوم با یکدیگر پچ‌پچ می‌کردند. قاضی - پیرمردی با ریش تنک بلند و موهایی تقریبا تا روی شانه - در حالی که شنل سیاهی تن نحیفش را در بر گرفته‌بود، با قدم‌هایی با صلابت، با وقار و طمانینه در جلسه حاضر شد. به قرینه‌ئ حاضرین روی سکویی بلندتر از سطح سالن - در اشراف کامل به صحن دادگاه - پشت میز چوبی قهوه‌ای، زراندود و منبت‌کاری شده، آرام گرفت. بعد از چند نگاه مغرورانه، آهسته سری تکان داد و بر صندلی‌ای نشست که به اریکه‌ئ شاهان شباهت داشت. سمت راست و چپش در سطحی پایین‌تر، دو منشی هر کدام پشت میزشان نشسته، مطالبی یادداشت می‌کردند. سر از کاغذ نمی‌گرفتند و از کیسه‌ئ مادرشان عریضه‌نویس پس افتاده بودند. قاضی دو سه بار چکش عدالت را محکم کوبید روی میز و سمفونی نامنظمی از چوب و چکش به راه انداخت. من به عنوان خوانده به جایگاه متهم، متمایل به میز قاضی، تقریبا روبه‌روی هیئت منصفه احضار شدم. هیئت منصفه متشکل از دوازده مرد و زن عاقل و بالغ، در دو ردیف شش نفری، پشت سر هم در

خون غلیظ و سیاه از دست داده بودم. خواهر دروغین به طرفم آمد. دو دستی وامانده را گرفت و کشان‌کشان، با سعی و تقلای بسیار، آن را روی زمین کشید و به طرف پنجره برد. زورش نمی‌رسید، وامانده سنگین بود. خورد زمین. شالاپی توی خون کف اتاق صدا داد. یکی دیگر از خواهران دروغینم به او پیوست و کمکش کرد. یکی سر، یکی ته را گرفتند. هنوز سنگین بود. نفر بعدی آمد، دو نفر بعد و به این ترتیب همه، همه‌ی یازده دروغ به موازات و روبه‌روی هم، وامانده را از روی زمین بلند کردند و کشان‌کشان بردند تا لب پنجره و از پنجره پرت کردند پایین. خواهر دروغینم به طرفم آمد. من را در آغوش گرفت. چندبار سر و صورتم را با دستانش که بوی خون وامانده گرفته بود، بوسید. یک بوس هم از کنار گوشم برداشت. لاله‌ئ گوشم را مزه‌مزه کرد. آهسته زمزمه کرد: ((چقدر خوب می‌شد اگر هرکدام از ما، برادری مثل تو داشت.))

❋

کله‌اش تا نزدیکی سقف هم رسیده. وزنش زیاد و قطرش حجیم و پرگوشت شده بود. دو دستم را گرفتم زیرش. آنقدر کلفت و حجیم بود که با وجود اینکه در میان دو حلقه‌ئ دستم چفتاش کرده بودم، انگشتانم به هم نمی‌رسید. سقف را نمی‌توانستم مثل شورت و زیپم راحت بشکافم. نگران و درمانده، فحش می‌دادم. به زمین و زمان، به وامانده، به آسمان... چاقو... یک چاقوی دسته‌زنجانی، گاوکُش روی اوپن بود. چاقو را برداشتم. وامانده نوکش از دیدرَسِ من خارج می‌شد و داشت به سقف فشار می‌آورد. درد می‌کشیدم. عضلاتش می‌خواست از سقف بیرون بزند که چون نمی‌توانست، حالت خمیدگیش دردی شدید را در ناحیه‌ئ مثانه و تخم‌هام به وجود آورده بود. به خواهر دروغینم نگاه کردم. خونسرد، بی هیچ حرکتی، دستانش را زده بود پشتش و خیره به من می‌نگریست؛ این تمام واکنشش بود. لبخندش را دیدم. مثل یک بی‌حسّی خوش‌آیند، یک بی‌حسّیِ موضعی. چاقو را از بیخ وامانده بالا بردم و در پلک به هم زدنی، بی‌هیچ معطلی آن را از ریشه کندم و قطع کردم. وامانده مثل بادکنک درازی که یکدفعه سوراخ شود، شل شد، فورتی کشید و شَتَلَق، به ضرب و با صدایی بلند بر زمین افتاد. خون از جایی که بریده بودم یعنی رستنگاه وامانده و مثانه، فواره می‌زد و با قدرت به در و دیوار اتاق ترشح می‌کرد. فقط مانده بود آن دوتا چرخ آویزان و طوسیِ لق و لوق؛ تخم‌ها.

رد پهناوری از خون چرک و غلیظ، کف اتاق راه گرفته بود. دروغ‌ها همگی به من زل زده بودند که نفس‌نفس‌زنان بالای سر اژدهای مُرده‌ام ایستاده‌ام. چندلیتر

دوست داشتم، آنها را دوست داشتم. عصبانی بودم و عجیب‌تر اینکه نه‌تنها وامانده خیالِ خوابیدن نداشت، حتی می‌خواست از اینی هم که هست بلندتر شود. همه‌اش فشار می‌آورد به زیپ فلزی شلوارم. دندانه‌های ریزِ زیپ می‌خواست توی سوراخِ نوکش فرو برود. زیپم را باز کردم. وامانده بی‌خیال نبود. فشار می‌آورد. شورتم، شورتم را هم می‌خواست دربیاورد. نوکش فشار می‌داد به شورتم، با دوتا چرخِ زیریش یا همان تخم‌ها زور می‌زد. نمی‌توانست پرده‌ئ شورت را پاره کند. دردش صرفا برای من بیچاره بود. نمی‌توانستم تحمل کنم. مجبور شدم شورت و شلوار را با هم دربیاورم. دروغ‌ها آنقدر بلندبلند جیغ می‌زدند که سقف و دیوارها به لرزه افتاده بود. حالا من هم مثل خودشان عریان بودم.

آنها درمی‌رفتند و من وامانده را می‌دیدم که در عین ناباوری، قطورتر و بزرگ و بزرگ‌تر می‌شود. داد می‌زدم: ((لعنتی‌ها، عوضی‌ها، چرا در می‌روید؟ من که کاری‌تان ندارم...)) وامانده خلاف این را نشان می داد. هر لحظه بزرگ و بزرگ‌تر می‌شد: ((من که مثل خودتان لختم احمق‌ها!)) یکی‌شان داد زد: ((تو یک مردِ لخت، بین یازده زن لخت هستی...)) و سریع رفت توی اتاق‌خواب و در را پشت‌سرش بست. خواهر اصلی، مسبِّبِ تمام این بدبختی‌ها از همان ابتدا ساکت و خونسرد، یک گوشه کنار میز تلویزیون ایستاده بود. برخلافِ او من، حَمّال تمام بدبختی‌ها بودم. به خودم آمدم، دیدم وامانده به نردبانی گوشتالو با کله‌ئ گِرد و توپُر تبدیل شده و آنقدر رشد کرده، رشد کرده، رشد کرده که

لب‌های خوش‌طعمِ بوسیدنی. دروغ داشت من را به آنها و آنها را به من معرفی می‌کرد. نمی‌توانستم صدایشان را واضح بشنوم. انگار فرسنگ‌ها دورتر از او، در اعماق یک تونلِ بی‌سر و ته گرفتار شده بودم. شمردم‌شان؛ ده نفر بودند! آیا نسبت به آنها همان حسّی را داشتم که نسبت به خواهرم؟ یعنی اگر مثلا از پله‌های یک ساختمان بالا می‌رفتند و من پشت سرشان راه می‌رفتم، لب‌هام را به خاطر کون‌های چاق و خوشگلِ تپلی‌شان، موچ نمی‌کردم؟ احساس کردم وامانده می‌خواهد غلط‌هایی بکند. سوالاتِ ذهنی‌ام داشت گرم‌اش می‌کرد. جلوی شلوارم را آهسته بلند کرد. شلوار لی آبی‌نفتی پام بود. شلوار لی هم که به خاطر جذبش، خطرناک و دَم و دستگاه خراب‌کن است. شکمم را جمع کردم، کون‌ام را دادم عقب، سعی کردم یک جوری نفله را مخفی کنم. ناگهان یکی از دروغ‌ها از توی آشپزخانه دستش را دراز کرد و من را نشان خواهرانِ دیگرم داد و با هول و ولا، وحشت‌زده فریاد کشید: ((واااای...واااای... اینجا را ببینید، اینجا را... وامانده دارد بلند می‌شود، وامانده دارد بلند می‌شود...))

شاید خبر یک بمب‌گذاری انتحاری شنیده بودند؛ بلندبلند جیغ می‌کشیدند و جست‌وخیزکنان از این طرف به آن طرف لای هم می‌لولیدند: یکی رفت اتاق خواب، دوتا روی مبل، سه تا دستشویی... نگران‌تر از آنها خودم که دویدم طرف آشپزخانه. آنهایی که آشپزخانه پناه گرفته بودند جیغ‌کشان بدن‌شان را جمع کردند تا من بهشان نخورم، تابی خوردند و مثل مارمولک از پشتم دَر رفتند. من کاری بهشان نداشتم. وامانده باعث خجالتم شده بود. دست خودم نبود، آنها را

ورق بازی کردن. همینکه من و دروغ را دیدند، یکی‌شان که چمباتمه زده بود و گل و گُشاد، یله داده بود به دیوار، سوت بلندی کشید و بغل دستیش هم کف زنان، قاه‌قاه زد زیر خنده. بدون اینکه به آنها توجهی کنیم رسیدیم به طبقهٔ سوم. من به کپل و کون خواهرِ دروغینم خیره بودم. انگار حس برادریم کامل شده بود. وامانده کاری نداشت و ساکت و خاموش خوابیده بود.

در طبقهٔ چهارم و سمت راست راهرو، دو واحد روبه روی یکدیگر قرار داشتند. دروغ در واحدِ راستی را باز کرد: بیا داخل! در با صدایی شک‌برانگیز باز شد. راستش ترسیده بودم. دروغ گفت: ((وا، پس چرا جلو در ایستادی؟ بیا تو...)) با ترس و تردید داخل شدم. همینکه در را پشت سرم بستم، چشم‌ام به چندین دروغ دیگر افتاد که هر یک لخت و عریان، با چهره‌هایی زیبا، ظاهری آراسته و پوستی شفاف در برابر چشم‌های بهت زده‌ام ایستاده‌اند.

بی آنکه بتوانم میان آنچه می‌بینم و عالَمِ خواب تفاوتی قائل شوم، با ضربان تند و وحشیِ قلبی که قصد داشت از درون، سینه‌ام را بشکافد، عقب‌عقب پَس رفتم. پشت سرم خورد به در. جوری ترسیده بودم که نمی‌توانستم برگردم و دستگیره را که تازه قفل هم نبود پایین بکشم و فرار کنم. مثل میتی که هنوز چشم به راه باشد، چشم‌ها، دهانم، تا سوراخ کونم باز مانده بود.

آنها مقابلم صف کشیده بودند. ردیفی از جفت‌جفت پستان‌های خوش‌تراش به طعم و بوی تازه، سفت و محکم با کپل و پهلوهای خوش‌رنگ و آویزان،

می‌خوابید. آخ چه لذتی داشت آن هوای سردِ بارانی، آن حسِّ گرم برادرانه که همراهش لبان داغ خواهرم چسبیده بود. دروغ از ماشین پیاده شد و آمد کنارم روی صندلیِ جلو: ((حالا که خواهر برادریم، راه بیفت برویم.)) نیم‌تنه‌اش را تکیه داده بود به در و لبخند می‌زد. جدی‌جدی خواهرم شده بود. دوباره استارت زدم. او یک دستمال کاغذی برداشت و شروع کرد به پاک‌کردن آرایش‌اش.

- : ((حالا کجا برویم؟))

- : ((برویم بهت می‌گویم.)) راه افتادیم. دو سه تا چهارراه را رد کردیم و از سمت راست به خیابانی دیگر رسیدیم. خیابان را رفتیم تا انتها و از بلواری که اسم هیچ کدام را نمی‌دانم سردرآوردیم. او می‌گفت و من می‌راندم. بالاخره جلوی یک اپارتمان قدیمی چهارطبقه با قدمت تقریبا ۳۰-۴۰ ساله، توقف کردم. با دروغ از ماشین پیاده شدم. نمای ساختمان را بهتر می‌توانستم ببینم. در انتهای کوچه‌ای در یکی از محله‌های میانه قرار داشت. هوا کم‌کم صاف می‌شد و می‌رفت که به تاریکی برسد. دروغ در ورودی ساختمان را باز کرد و گفت داخل شوم. او از جلو و من از پشت سر، بالا می‌رفتیم. توی راهروها به هم ریخته و شلوغ پلوغ بود. به بازار سید اسماعیل می‌مانست. گُله‌گُله بچه که چه عرض کنم، توله‌های همسایه این‌طرف و آن‌طرف وول می‌خوردند. هرکی با خرسی، عروسکی، سه چرخه‌ای و دسته خری، سرگرم بود و بازی می‌کرد. از پاگرد طبقه اول گذشتیم. طبقه دوم یکی دو نفر انتهای راهرو نشسته بودند به

و آرام شد، یک گوشه پارک کردم. قبل از بیدار شدنش باید به وجدانم جواب می‌دادم. دست گذاشتم پشت صندلی شاگرد، انگار بخواهم دنده‌عقب بگیرم، برگشتم و نگاهش کردم. دختر دستی به زیر چانه، سرش را به شیشه‌ئ عقبِ پشتِ صندلی شاگرد، تکیه داده بود. سرش را برداشت. نگاهم کرد. نی‌نی چشم‌های خُمار آهویی‌اش چقدر غم داشت؛ گویا شاهد تمام جنایت‌های بشری بود. نیشم را بستم. برگشتم رو به فرمان و به کاپوت ماشین خیره شدم. برف‌پاک‌کن‌ها با صدای گنگ و مبهم روی شیشه سُر می‌خوردند. چه می‌گفتم، چه می‌خواستم؟ نمی‌دانم. کف دست‌ها را گذاشتم روی صورتم و پشت دست‌ها را روی فرمان. صورتم را در تاریکی فرو بردم. با خودم فکر کردم. یعنی این همه سوار و پیاده شدن بی‌فایده بود؟ آخر کی خواهرش را سوار می‌کند؛ آن هم خواهرِ نه واقعی، نه رضایی، نه...واقعا چطور خواهری بود این خواهرِ دروغین؟ سرم را بلند کردم.

جای فرمان افتاده بود پشت دست‌هام.

- : ((خیلی خب بابا، نخواستیم، گور پدر وامانده! من و تو از این به بعد خواهر برادریم...)) لبخند کمرنگی بر لبان دروغ نقش بست. خودش را کشید جلوتر. کمی لمبرش را از روی صندلی بلند کرد و ماچ عمیقی از لپ‌های من برداشت که شاید هیچ‌وقت لذتش را فراموش نکنم. ملچ مولوچ‌اش، دلنگ توی گوشم سوت کشید. این اولین بار بود که یک (دروغ) مرا می‌بوسید و وامانده بی‌خبر

با هم داشته باشیم یا نه؟ مثلا... مثلا زن و شوهر چطوره؟ این از هر نسبتی بهتره...» این را که گفتم فرمان را ول کردم، چندبار کف دست‌هایم را مالیدم به هم و دوباره محکم با یک جیغ و هورای بلند، کوبیدم روی فرمان و فرمان را محکم تو دستم گرفتم. مثل اینکه دروغ‌خانوم ترسیده بود. از زیر روسری زرشکی و ساده‌اش، چند تار موی پریشان ریخته بود جلوی پیشانی عرق کرده‌اش.

- : ((نگفتی... زن و شوهر... چطور است زن و شوهر باشیم؟)) او با ناراحتی گفت: ((این هم بی‌فایده است. دلم می‌خواست... دلم می‌خواست یک نفر برادرم بود...)) دوباره آه کشید. چراغ بالای سقف اتوموبیل را روشن کردم. از آینه بالای سرم بهتر می‌توانستم نگاهش کنم. داشت گریه می‌کرد. ردی از اشک مثل رودخانه‌ای که طغیان کند، از گونه‌هایش سرازیر شده بود و در مسیرِ این طغیانِ غمناک، ریمل و رژگونه و آرایش را باخودش می‌شست و می‌بُرد. صورتش به ساحلی طوفان زده می‌مانست. چطور امکان داشت وامانده بیدار بماند؟ یعنی شرافتم از بین رفته بود؟ خوشبختانه نه، شرافتم هنوز یک چیزهایی حالیش می‌شد و وامانده که در قیامی غضبناک قصد شکافتن زیپ شلوارم را داشت، سرافکنده و ناامید به درون غارش برگشت و در کنام خود، آرام گرفت. گاهی شلوغی ریزی می‌کرد. کامل سر جایش آرام نمی‌گرفت. حتی یکی دوبار به قدری زیپ و خشتک شلوارم را کش داد و دراز کرد که کم مانده بود خودش را بچسباند به لبهٔ پایینی دور فرمان. واقعا ترسیده بودم. وقتی خوابش گرفت

بگو ببینم، اهلِ کجایی؟)) دروغ با نگاهی به قطرات باران که خودشان را با سماجت به شیشه می‌چسباندند گفت: ((اهلِ همین باغ‌وحشِ خراب شده.)) و با انگشت اشاره، آهسته کشید روی شیشه‌ئ بخار گرفته: ((چه اهمیتی دارد اهل کجا باشم؟ مگر بیشتر از چند ساعت هم را می‌شناسیم؟)) جوابی نداشتم. خیلی به حرف‌های دختر اهمیت نمی‌دادم. بی‌مقصد پیش می‌رفتم. دوباره هر دو سکوت کردیم. زمان در نوعی کسالت و پوچیِ مبهم فرو رفته بود. صدای جیرجیرِ یواش‌یواشِ برف پاک‌کن، عبور و مرور آرام خودروها، شالاپ شولوپ آبِ جمع شده در گودال‌ها و معابر خیابان... نمی‌دانستم از کجا باید یخ‌اش را آب کنم. تقصیری نداشتم. اگر وامانده کار دستم نمی‌داد، حرف که نمی‌زدم هیچ، سوارش هم نمی‌کردم.

- : ((یک مطلبی می‌گویم، راستش رو بگو. تو دوست‌داری دروغ خانم، یعنی دلت می‌خواهد برایت پدر باشم؟)) سعی کردم زورکی با صدای بلند بخندم. دروغ اصلا نخندید. سر تکان داد: ((نه، نه، پدر نه... قبل از این پدر داشتم و بی‌فایده بود.)) بغضش گرفته بود. فکر کردم ادا درمی‌آورد: ((خوب، مادر چطور؟ مادر خوبه؟)) او فقط نیشخند زد: ((هه، بروبابا... تا حالا خودم مادر یک عالمه آدم بودم.))

بر خلاف او که غمزده می‌نمود و صورتش انقباض بیشتری به خود می‌گرفت، من سعی می‌کردم بخندم: ((آخر اینطوری که نمی‌شود؛ بالاخره باید یک نسبتی

روی ترمز و پارک کردم کنار خیابان: ((پایین...)) نیمرخ‌ام را چرخاندم سمت صندلی شاگرد. زیر چشمی نگاهش کردم. همچنان ساکت بود. خواستم بهش بگویم گمشو برو ردِّ کارِت که رعد و برق وحشتناکی غرّش‌کنان آسمان را به لرزه انداخت. دختر آرام دستگیره‌ئ در را فشار داد. کمی لای در باز شد. سوز سردی تا جلوی فرمان به داخل اتومبیل دوید. می‌خواست پیاده شود، حتی یک پایش را گذاشته بود زمین: ((صبر کن، فعلا بشین...)) دلم به حالش سوخت. بی هیچ بحث و ناز و عشوه‌ای، محکم در را بست.

به راه افتادم. به کجا؟ نمی‌دانم. من چه می‌دانم که این یکی را بدانم؟! با خودم حرف می‌زدم. بعد از او سوال کردم. اسمش را بهم نگفت. دوباره پرسیدم. گفت: ((اِی بابا... تو هم که فقط سوال‌های تکراری می‌پرسی...)) حرفش را خورد و نیشخند زد. لب و دهنش می‌جنبید؛ انگار بغض سختی از راه گلو آمده بود پشت دندان‌ها و داشت آن را مثل لقمه می‌جوید.

- : ((یعنی چی سوال‌های تکراری؟ انتظار داری وسط تهرانِ به این گَلِ گُشادی تک چرخ بزنی و چهارچرخه نشی؟)) کم و بیش داشت یخ‌اش باز می‌شد: ((خیلی خب... فرض کن اسم‌اَم دروغ است، برای تو چه توفیری می‌کند؟)) ماشین را دادم دنده سه و گفتم: ((یعنی بهت بگم دروغ خانوم؟)) گفت: ((بگو، مهم نیست. اینطوری بیشتر به هم می‌آییم!)) گفتم: ((خیلی‌خب دروغ خانم...

من و روسپی‌ها

نشست رو صندلی عقب و محکم در را بست. چهره‌ای معصوم و دلنشین داشت. چشم‌های خُمار قهوه‌ایش در پهنای صورتی که به ماه تمام می‌مانست، آدم را جذب می‌کرد. فکر می‌کردی چشم‌هاش گیرنده دارد: مثلا یک چنگک نامرئی از مردمک چشم‌هایش می‌زند بیرون و به سوی تو دراز و درازتر می‌شود تا سر و گردن، و در نهایت جان‌ات را بگیرد.

آن شب هوا نسبتا سرد بود. باران می‌بارید. یک چشمم به او بود و چشم دیگرم به جاده. جوری از شیشهٔ عقب سمت شاگرد بیرون را نگاه می‌کرد که انگار به تماشای غرق‌شدنِ کشتی‌های شکسته‌اش، به جای خیابان، اقیانوس می‌بیند. او ساکت بود. من هم ساکت بودم. صدای دقیق و منظم برف‌پاک‌کن‌ها می‌آمد که چسبیده به شیشه، جیرجیرکُنان دنبال هم کشیده می‌شدند. مسیر را می‌رفتم، آهسته. دنده می‌دادم. پشت چراغ قرمز می‌ایستادم. بیخود و بی‌جهت ترمز می‌زدم. با کلاج بازی‌بازی می‌کردم، همه کار می‌کردم و او، لام تا کام حرف نمی‌زد. کلافه گفتم: ((دِههَهه، خب یه حرفی، حدیثی، چیزی بگو دخترِ خوب!)) چشم انداخت به آینهٔ وسط ماشین و مرا نگاه کرد.

- : ((بالاخره می‌خوای یک چی بگی یا نه؟ سوار شدی که چی؟ این همه دارم ماشین را می‌رقصانم، هیچ به هیچ. از آن اول هم که آمدی گرفتی نشستی عقب. تو که می‌خواستی چیزی نگویی چرا سوار شدی؟ مگه من تاکسی‌ام؟)) زدم

لپ‌هایش می‌دواند. گریه، باید گریه می‌کرد. تند و آتشی، باید عصبانی می‌شد. عطش لذت و حرارت دخترک را دوست داشتم. داشتم به سر حدّ جنون می‌رسیدم. دخترک را خواباندم، اینبار باید می‌خوابید. خودم هم خوابیدم. اول دست بردم لای سینه‌ها، دوتا لیموی تمیز و آبدارش را لمس کردم. کم‌کم خودم را آماده می‌کردم. می‌دانستم برای او همه چیز از قبل آماده شده. هرچی پرسش و پاسخ در سرم بود خاک هوا شده بود. راست می‌گفت، دختر... عرق می‌ریختم... خیام... گردنش را... بافهٔ موهایش را مثل افسار حافظ دور مشتم خیامی پیچانده بودم... حافظ به ما چه... خیام به ما چه... چقدر در لحظه زندگی‌کردن را دوست داشتم. سرخوشانه از پل حافظ و سه‌راه خیام دخترک عبور کردم تا اینکه درمانده و بی‌رَمَق یک گوشه از تخت‌خواب وا رفتم. هرچیزی را که باید، تجربه کردم. فهمیدم در این جهان چیزی مقدس‌تر و بهتر از عبور از پل حافظ و سه‌راه خیام نیست. اگرچه فرقی به حال دخترک نمی‌کرد و اگر از حلقه‌های شگفت‌انگیز زحل هم رد می‌شد، بی‌تفاوت بود. نشست روی تخت. لباس‌های زیرش را پوشید. از تخت‌خواب آمد پایین که مانتو و شلوارش را بپوشد. اشک‌هایش را پاک کرد. کمی به خودش رسید. مبلغی پول از جیب شلوارم برداشت و از اتاق بیرون رفت.

من روی تخت افتاده بودم. مات و مبهوت، نفس‌نفس‌زنان به ترک‌های درهم برهم سقف نگاه می‌کردم. چه می‌خواستم؟ نمی‌دانم.

***

دخترک ادامه داد: ((البته نه اینکه فکر کنی از آتش و سوختن و این چیزها می‌ترسم، نه! عیب ندارد، اگر می‌خواهند بسوزانند، عیب ندارد، بسوزانند؛ حرفم این است که آدم را به خاطر خودش بسوزانند.)) به آرامی گفت: ((نترس، آنجا تو را به خاطر خودت می‌سوزانند.)) لحنم

آمیخته به حسّ و لذتی سوزناک، مابین حرارت و عطش می‌لرزید. دختر گفت: ((از کجا معلوم، هان، از کجا معلوم به خاطر خودم می‌سوزم؟ قرار بود که اینجا هم مرا به خاطر خودم بخواهند. قرار بود به خاطر خودم بروم مدرسه، به خاطر خودم ازدواج کنم، به خاطر خودم زنده بمانم و به خاطر خودم بمیرم...)) دخترک به گریه افتاده بود.

در همان حال که اشک می‌ریخت داد زد: ((یعنی زن بودن اینقدر عذاب‌آور است؟))

آرام‌تر که شد به او گفتم: ((نباید انقدر خُرده بگیری؛ در لحظه زندگی کن. به قول خیام، شاد باش)). دخترک در جواب این دلداری لب و دهنش را جمع کرد و با شکلک و ادا گفت: ((برو بابا تو هم... خیام، خیام... به خیام و حافظ چه کار دارم؟ فقط خستگی برایم مانده. باهام مثل مرغ‌ها رفتار می‌کنند...)) قطرات شفاف اشک، بر پلک و گونه‌هائ دخترک زنجیر می‌بست. دستم را از دور گردنش برداشتم. طاقتم نگرفت. دوباره دستم را انداختم دور گردنش. گریه صورتش را زیباتر و برافروختگی، گونه‌هایش را سرخ‌تر می‌کرد. خون به زیر

در این گیر و دارهای یک طرفه، حرفم به اینجا رسید: ((بیا از بهشت صحبت کنیم. اگر بهشت هم به عدالت بهشت باشد، خالق‌اش مستحقٍّ آن است.)) دخترک گفت: ((در اینصورت نه بهشتی باقی می‌مانَد، نه جهنمی)) و با عشوه‌ای، لاله‌ئ گوشش را از بین زبان و دندانم بیرون کشید. کمی خودش را کشید کنارتر. یعنی از وسط تخت به طرف پنجره و بالای تخت، جای نازبالشت. من هم خودم را کشیدم بالاتر. دخترک گفت: ((می‌گویند جهنم خیلی داغ است...)) همینطور یک حلقه از موهاش را دور انگشت سبابه پیچ می‌داد: ((می‌گویند جهنم آدم‌ها را جزغاله می‌کند...)) شانه‌هاش را انداخت بالا و گفت: ((از وقتی به دنیا آمدم دارم می‌سوزم. دیگر اعتقاد به هیچ‌چی ندارم. جهنمی که پیشاجهنم‌اش انقدر ناعادلانه است، جهنمش چه کوفتی است؟ به فرض درست باشد: آدم بخوابد و بیدار شود و همین یکبار خوابش واقعی شود. خب بعد، بعدش چه؟ اصلا ترجیح می‌دهم بمیرم و بروم جهنم آنجا، تا در جهنم اینجا بسوزم!)) دختر آشفته به نظر می‌رسید. من دست‌هایم را بین پاها و سر و سینه‌ئ دخترک می‌گرداندم و به حرف‌هاش گوش می‌کردم. شبیه یک ربات بود؛ حرف می‌زد و حرف و کوچک‌ترین احساسی نداشت: ((می‌ترسم...)) چقدر جمله‌اش ساده بود.

- : ((از چی؟)) زیر چانه‌اش را میک زدم. سرم را داد عقب و گفت: ((از اینکه آنجا هم مرا به خاطر خودم نخواهند؛ می‌ترسم. از اینکه آنجا هم مثل اینجا باشد. از اینکه آنجا هم پاهایم را ببوسند، سر و صورتم را نوازش کنند و...))

اینجا هم وجود داشته باشد.)) چنگ بردم لای موهای سیاه و بلند پرپشتش، بافتی از موهایش را لمس کردم. پوست دستم خنک شد. انگار موهای بلند و آبشارگونه‌اش که از فرق، باز، و دو طرف صورتش ریخته شده بود، همچون حائلی نازک، سطح پوستِ سفید صورتش را - در آن اوایلِ داغ تابستان، خنک از گرما نگاه می‌داشت. آنجا، همانجا که شقیقه‌ها عرق می‌کرد. چقدر بوی عرقش را دوست داشتم. همه‌جایش را می‌خواستم، همه چیزش. تنها دور ریزش ادرار و مدفوعش بود که سرِ همان هم اطمینان نداشتم. سعی می‌کردم چیزی بگویم و دختر را سر حرف بیاورم یا همراه تماشای این تابلوی عجیب و غریب خلقت، زنگ خاصٍّ صدایش را بشنوم؛ غمگین، شاد، معمولی امّا آرامش‌بخش.

دخترک می‌گفت: ((اگر جهنمی در کار باشد مهم نیست، چون به اندازهٔ کافی سوخته‌ام. دلم می‌خواهد جهنم‌شان عادلانه باشد. اگر جهنم به عدالت برگزار شود، اولین محکوم، سازندهٔ آن است...)) بیچاره خبر نداشت وقتی من موهایش را، زیر استخوان فکش را بو می‌کنم در چه بهشتی به سر می‌برم. چشم بسته، تمام راه‌های صورتش را بلد شده بودم. نیمی نشسته - نیمی خوابیده، به پهلو، وزن بالاتنه‌ام را تقریبا انداخته بودم روی بازوی دخترک و بازو، آرنج، مچ، استخوان زیر فک، چانه، همه‌جا، همه‌جایش را می‌بوسیدم. او انگار نه انگار؛ شاید تخمه می‌شکست اثرش بیشتر بود. یک مجسمهٔ سنگی خودش را در اختیارم گذاشته بود. هرچه اذیت می‌کردم، بوس می‌کردم، چیزی نمی‌فهمید.

آغاز خلقت یا سرمنشا جهان که از رایحه‌اش عقل از سرم پریده بود. چشمانم نوری از ابدیت می‌دید و تسلیم بودم؛ کاملا تسلیم، پیش آن پستان‌ها...

نه، به جای پستان باید بگویم کفل‌های گوشتالوی نرم که بر سینهٔ دخترک برآمده بودند. شکاف عطرآگین میان پستان‌ها، عقل از سر هر بیچاره‌ای می‌ربود. با چشمانی بسته، گیج، گفتم: ((هنوز هم دیر نشده، اگر می‌توانی دیگر این کار را نکن.)) دخترک معصومانه گفت: ((نمی‌توانم...)) تقلا می‌کرد مچ پاهایش را از قلاب پنجه‌هایم بیرون بکشد. کمی انگشتانم را شُل کردم: ((چرا؟))

به اکراه گفت: ((خب، زندگی.))

– : ((نه، نه، منظورم این نبود که چرا نمی‌توانی، منظورم این بود که چرا دلت نمی‌خواهد همچنان به این کار که خیلی هم لذت دارد، ادامه بدهی؟)) دخترک یا متوجه حرف‌هایم نشد یا مایل نبود جوابی بدهد.

– : ((پس لابد ترس از جهنم باعث شده اینطوری خودت را روی تخت بیندازی و تکان نخوری!)) دخترک با کمی فشار مچ پاهاش را از قفل انگشتانم آزاد کرد: ((جهنم؟ من اگر می‌دانستم کی این کلمه را ساخته، خودم با همین دست‌هام خفه‌اش می‌کردم...)) نفسی تازه کرد: ((آخر آدم‌ها چرا انقدر بی‌شعورند؟ مگر غیر از اینجا جهنم دیگری هم هست؟)) صورتش برافروخته بود. پرسیدم: آب می‌خواهی برایت بیاورم... گفت نه، و من که نیم خیز شده بودم، اینبار نشستم کنارش روی تخت: ((از حرف‌هام ناراحت نشو؛ خیال می‌کنم جهنمی غیر از

بوسیدم. لبم را گذاشته بودم روی پوست پف‌کرده‌ی کف پاهاش: ((هوم؟ چی داری بگویی؟ مگر نگفته‌اند فلانی ما را از فلان کار، منع کرده؟)) دخترک زانوهاش را جمع کرد توی سینه‌اش: ((غلط کرده هر کی همچین زرِ مفتی زده!))

– : ((یعنی کفر می‌کنی؟))

– : ((نه کفر، نه چیزی. بهتر است حرفی نزنم که مجبور شوم تاوانش را پس بدهم.)) من که مدام پاهای سفید و مرمرین او را نوازش می‌کردم، دلم نمی‌آمد از آنجا بالاتر بروم و اسرار دیگر اعضای بدنش را کشف کنم. او بی‌تفاوت ــ بدون اینکه خیلی نگاهم کند ــ یا به گوشه‌ای از اتاق خیره می‌شد یا نگاهش را مثل کبوتر جلد، از هرهئ پنجره پر می‌داد به ناکجا.

– : ((تو از این کار لذت هم می‌بری؟)) خوشبختانه دخترک گوش و دهانش را مثل نگاهش پَر نداده بود. آهی کشید و گفت: ((نه!)) همین، فقط نه. نمی‌دانم نسبت به او چه حسّی داشتم. نه می‌توانستم او را بخواهم زیرا خواستنی نبود و نه می‌توانستم او را نخواهم، زیرا نخواستنی هم نبود. بیچاره انگار سهماش از وجود، برزخ بود. مچ پاهاش را محکم گرفتم، سینه‌ام را دادم به جلو و لبانم را تا نزدیکی ساق پاهایش بالا رساندم. از بین لمبر و کفلاش، بالای ساق، از بین آن دو متکای نرم یعنی ران، بوی خاصی می‌آمد. بوی عجیبی می‌آمد. بویی شبیه

من و دخترک

دخترک زانوهایش را توی شکمش جمع کرده، تکیه‌اش را داده بود به دیوار و بالای تخت‌خواب نشسته بود. من پایین تخت، دوزانو نشسته بودم. آهسته روی پای راستش را بوسیدم. عکس‌العملی از خود نشان نداد. پای چپش را بوسیدم. میلی‌متری پنجه‌ئ پاش را آورد بالا. خیره بود، به کجا؟ نمی‌دانم. پشت سرش را چسبانده بود به دیوار، مایل به پنجره‌ای که در نیمرخ چپ صورت‌اش قرار داشت، با سگرمه‌هایی در هم، چشمانی باریک، نگاهی بی‌یقین. صداش زدم: ((دخترک... دخترک!)) نگاهش را از پنجره برداشت. به من خیره شد که نوک دماغم مماس با نوک انگشت‌های پاش بود: ((اگر یک سوال بپرسم، راستش را می‌گویی؟)) معصومانه سر تکان داد. توی لب‌هاش بغض بود.

-: ((امیدوارم از حرفم ناراحت نشوی، شاید کمی طرح این سوال گستاخانه باشد...)) دستی کشیدم به مچ پاهاش: ((خیلی سخت است که با هرکس و ناکس... می‌دونی چی می‌گم؟)) دخترک بر خلاف انتظارم گفت: ((نه، اصلا! به خاطر همین کار آفریده شدم.)) سوال کردم: ((چطور این حرف را می‌زنی؟ مگر نه اینکه فلانی ما را از این کار منع کرده؟)) این را گفتم و ماچ آبداری از مچ پاهاش برداشتم. مزه نانِ بستنی قیفی می‌داد، همانقدر ترد و خوشمزه.

دختر هر دوتا پایش را دراز کرد توی سینه‌ام. من کمی عقب رفتم. حالا صورتم مماس شده بود با کف پاهاش. دیدم چیزی نگفت. آهسته کف پاهاش را

انگشتانی لرزان، کتاب‌ها را باز می‌کنند. کسی شوق نشان نمی‌دهد. همه سرها

پایین، کچل، قیافه‌ها مبهم. من که می‌دانم دوباره مردود می‌شوم، چرا بخوانم؟

نمی‌دانم.

❉❉❉

گردن کشید: ((تمام است آقا، وقت تمام...)) به شاگردی که جلو دستش بود دستور داد ورقه‌ها را به ترتیب از رو میز بقیه جمع کند. خیلی زود تقریبا سی برگه‌ی امتحانی جلوی میز معلم روی هم کومه شد. نوبت به تصحیح برگه‌ها رسید. بچه‌ها، با آشوب و دل‌نگرانی یکدیگر را نگاه می‌کردند. امیدوار بودند ایندفعه نمرهٔ قبولی را می‌گیرند. حرف زدن و مشورت با هم (که فلان کلمه را اینطوری نوشتم، فلان جمله را اصلا نخوانده بودم و مانند اینها) ، تنها راه مقابله‌شان با فشار و استرس این امتحان کوفتی بود. شاید از نظر آنهایی که امتحان را خوب داده بودند کوفت نبود، امتحان بود.

هیچ کس نمی‌دانست نمرهٔ قبولی را می‌گیرد، یا مجبور است دوباره سرِ این کلاس بنشیند و حرف‌های معلم را دیکته کند؟! بغل دستیم تا حدّی خونسرد است. می‌گوید: «نمرهٔ قبولی که چیزی نیست؛ نمرهٔ قبولی نباشد بهتر است!»

معلم برگه‌ها را تصحیح می‌کند. نمرهٔ من زیرِ ده شده؛ باید دوباره امتحان بدهم. بغل‌دستیم قبول می‌شود. معلم می‌گوید پاشو برو کلاس بعدی. دوستم با بی‌میلی از جا بلند می‌شود. نگاهش می‌کنم، نگاهم می‌کند. بی‌میل است. با چند نفر دیگر از کلاس خارج می‌شوند. صدای جیغ و فریاد می‌شنوم. مثل اینکه بیرون دارند چند نفر را کتک می‌زنند. معلم به سایر شاگردانی که مثل من تیز شده و گردن کشیده‌اند، تَشَر می‌زند: ((سرتان به کار خودتان باشد احمق‌ها. دوباره بخوانید، چند دقیقهٔ دیگر ازتان امتحان می‌گیرم)). بیشتر بچه‌ها با

دیگر مثل قبل برای خواندن کلمات صدایش را نمی‌کشید: ((مدت‌هاست که نمایشنامه‌ئ «زیبا خانوم» اجرا می‌شود. «زیبا خانوم» در آن نمایشنامه در نقش خانم‌های بد و حتی خیلی بد...)) یکی از بچه‌ها پرسید: ((در نقش خانوم‌های بد، آقا؟)) معلم گفت: ((نه، نه، هم بد، هم خیلی بد...)) دوباره جمله را تکرار کرد: «زیبا خانوم در آن نمایشنامه در نقش خانم‌های بد و حتی خیلی بد...به ایفای نقش می‌پردازد. «زیبا خانوم» در این سناریو خودش را بی‌لباس و عریان نشان می‌دهد، ولی ما نباید به زیبا خانوم نگاه کنیم. «زیبا خانوم» فقیر است. ما نباید نگاهش کنیم، اگر چه از فقر، بمیرد. [نقطه، سرخط]

- ((پدرم سال هاست که در یک کارخانه‌ئ سیگارسازی کار می‌کند. او سیگار تولید می‌کند و می‌گوید: (معلم گفت جلوی "می‌گوید" ، دو نقطه بگذارید.) سیگار چیز خیلی بدی است...)) اگر یکی از بچه‌ها موقع نوشتن چیزی زمزمه می‌کرد، معلم فورا به او تذکر می‌داد و ادامه‌ئ دیکته را می‌گفت: ((...دایی کوچکم در کارخانه‌ئ خودروسازی کار می‌کند. او خودروهایی با سرعت بسیار بالا تولید می‌کند و می‌گوید: نباید تند برانیم. مادربزرگ در آرایشگاه زنانه کار می‌کند.

او خانم ها را زیبا می‌کند و می‌گوید: نباید نگاهشان کنیم. او، پدر و دایی‌ام هر یک شاگرد همین کلاس بوده‌اند و در امتحانِ دیکته‌ئ معلم، شرکت داشته‌اند.))

امتحان تمام شد. معلم کتاب را بست و مثل یاکریمی که حواسش را جمع کند

بیمار است. پدرم پول‌هایش را به همسایه‌مان می‌دهد. پدرم می‌گوید: او مادر دوم ماست...)) معلم چند صفحه‌ای از کتاب ورق زد و ادامه داد: ((هنوز کسی نمی‌داند پارچه ئ اینجا چه شکلی است؟! ما هم نمی‌دانیم باید کدام پارچه را باور کنیم؟ روی یکی از پارچه‌ها شکل همان چیزی است که می‌گویند بد است، و روی دیگری، نام چیزی است که بدی‌ها را خوب نمی‌کند.)) معلم دوباره کتاب را ورق زد و چند صفحه جلوتر رفت. به نظرم تا اینجا همه‌ئ کلمات را درست نوشته بودم و حسابی خوشحال بودم. دلم می‌خواست هر چه سریع‌تر امتحان تمام شود. اگر در زندگیم یکبار و تنها یکبار از عهده‌ئ امتحانی برآمده بودم، می‌توانستم به جرئت بگویم همین یکبار بود. هرچند از بعدش می‌ترسیدم. کاری را به خوبی آغاز کرده بودم با این حال غیرقابلِ پیش‌بینی بودنش که بعد از این چه خواهد شد، ذهنم را می‌جَوید. خدا می‌داند وقتی یک طرف ذهنم گرفتار این خزعبلات بود و همزمان با این فکرها حرف‌های معلم را دیکته می‌کردم، چه مصیبتی می‌کشیدم. شبیه سربازی که در میدان جنگ، زمین زیر پایش را بمباران می‌کنند؛ سرباز نه کاری از دستش برمی‌آید و نه می‌تواند سلاحش را بیندازد. فکرها همان بمبارانِ سهمگین و خودکار، تنها سلاحم بود. احتمالا در بدبختی و بیچارگی، از سرباز خطِّ مقدم یک قدم پیش‌تر بودم. معلم با صدایی غرا، کِشدار و شمرده‌شمرده می‌گفت: ((ما انسان‌ها نباید به حیوانات آزاری برسانیم. ما باید با حیوانات مهربان باشیم. ما نه با تاریخ، که باید با حیوانات مهربان باشیم. ما باید تلاش کنیم و با حیوانات مهربان باشیم...))

کوچک دستش گرفته بود. چندبار با کنار خط‌کش به لبهٔ میز کوبید. با لحنی درشت و ناملایم، سرِ بچه‌ها داد زد: ((خب دیگر... کیف و کتاب‌هایتان را بردارید آقا... زیر میزها چیزی نگذارید... می‌خوانم شما بنویسید. اگر کسی جا بماند تکرار نمی‌کنم؛ می‌گویم و رد می‌شوم، خودتان می‌دانید... خب، آماده‌اید؟)) بچه‌ها یکصدا گفتند بَععععللله. شگفت صداشان نمی‌لرزید.

کم مانده از ترس زیر خشتک هرکدام حوضچهٔ کوچکی از ادرار جمع شود ولی در همصدایی‌شان نشانی از ترس و نگرانی نبود. کوبندگی لحن‌شان غَرّا، یکصدا و منظم، به من قوت قلب می‌داد.

تا به حال سه بار این املای لعنتی را امتحان داده بودم و هر بار رد شده بودم. اینبار عزم را جزم کرده بودم که حتما قبول شوم. معلم همینطور اتفاقی لای یکی از صفحه‌های کتاب را باز کرد و شروع کرد به دیکته گفتن: ((به نام مدیر...)) چند قدمی عرض کلاس را طی کرد: ((بابا آمد. با–با، آآآ–مَد... بابا، با چمدانی پر از پول آمد. بابا چمدان را به همسایه داد. بابا برای ما از کتاب صحبت کرد. [نقطه، سرخط])) کلاس سکوت شدید و خارج از وصفی داشت. صدای نرم و مرموزانه‌ی کفش‌های چرمی معلم شنیده می‌شد. در چهارطرف کلاس سرک می‌کشید، آهسته قدم می‌زد و صدایش را در هوا می‌کشاند:

-: ((مااا...دَر، آآآ...مَد... مااا...دَر، بااا حاااِل.... خیلییی بدییی، آآآمَد. وقتی آمد، پدرم لای کتابش را باز کرده بود. پدرم برای ما از مهربانی صحبت می‌کند. مادرم

من و دیکته

روزی که امتحان دیکته داشتیم آسمان تاریک بود، درخت‌ها تاریک بودند. بچه‌ها، میز، کلاس، معلم، همه و همه تاریک بودند. روزی که امتحان دیکته داشتیم تاریکی بر خلاف قوانینِ فیزیکی و فلسفی، وجود مستقل داشت.

هر کدام از بچه‌ها مداد یا خودکاری دستشان گرفته بودند و خود را برای امتحان آماده می‌کردند. نگرانی و دلهره از چهرهٔ زرد و چشم‌های گریزان‌شان پیدا بود. بعضی از شاگردها ناخن‌هاشان را تندتند می‌جویدند، بعضی زانوهای‌شان را تکان‌تکان می‌دادند. انگار قلب بچه‌ها را از سینه در آورده، از بالای تختهٔ کلاس آویزان کرده بودند. کلاس ما یک اتاقک تاریک بود که قلب‌هایی خون‌آلود و چرب را با ریسمانی نازک از سقف آن آویزان کرده بودند. کسی زخمی نبود و بوی خون به مشام می‌رسید. یک چراغ لامپای زرد و کوچک زهوار دررفته، با نور پِت‌پِتی، تنها روشنای کلاس بود.

باد شبیه دیوانه‌ها خود را به شیشه‌های خاک‌گرفتهٔ تنها پنجرهٔ کلاس می‌کوفت و اصوات گنگی را به صدا درمی‌آورد. آسمان تاریک بود. گرفته، ابری، نمناک. باران نم‌نم می‌بارید. گاهی از دور صاعقه‌ای رعب‌انگیز قلب آسمان را می‌شکافت و با غرّشی کوبنده خود را تا پشتِ درِ کلاس می‌رساند. معلم با صلابت - گویی در زندگیش هیچ‌وقت مرتکب اشتباه نشده - عصاخوران چند قدم برداشت و پشت‌میزش ایستاد. یک خط کشِ پلاستیکی

کیسهٔ پلاستیکی بزرگی را با دست چپ نگه داشته، با آن یکی دست، جعبه‌های مقوایی را که مخصوص پذیرایی از سرنشینان اتوبوس بودند، در بین مسافران توزیع می‌کرد. دوتا هم داد به ما. وقتی رفت، او ادامه داد: ((تو، کاری به اینکه اول یکجور بودم و حالا یکجور، نداشته باش.)) گفتم: ((آهان، پس سیاستِ زنانه...)) چشمک زدم و این مصرع را با لبخندی ظریف، خواندم: ((نشاید یافتن در هیچ برزن...)) همصدا با من، همسفرم نوک بینیش را آرام مالید به نوک بینی من و با خنده گفت: ((وفا در اسب و در شمشیر و در زن...)) بازدم نفس‌هاش را احساس می‌کردم. چیزی نمانده گریه‌ام بگیرد. پلک هایم را روی هم فشار می‌دادم. بغض سختی گلوم را پر کرده بود. به رو نمی‌آوردم. نمی‌خواستم شادیش را خراب کنم. از این می‌سوختم که به خاطر یک «دوستت دارم» گفتنِ ساده، باید سوار اتوبوس می‌شدیم و جوری آن را درِ گوش هم می‌گفتیم که هیچ کس نشنود. ما سوار اتوبوس، از دل جاده‌ها و بیابان‌ها گذشتیم و به یکدیگر گفتیم:((دوستت دارم.)) این برای من لذت‌بخش و غرورآمیز بود. غوطه در طعم خوش این لذت فراموش نشدنی، اتوبوس به مقصد رسید و ما باید خیلی زود برمی‌گشتیم.

***

دیگر کاری نمی‌کنم. بگو، هرچی بگویی گوش می‌کنم.)) بدون اینکه مقدمه‌چینی کنم زود، تند، سریع رفتم سر اصل مطلب: ((ببین، همهٔ حرف من این است که تو نباید علاقه‌ات را اینجوری خرج کنی. تو هنوز نمی‌دانی من چی می‌گویم. من نه از چیزی می‌ترسم، نه اعتقاد خاصی دارم. فقط می‌گویم اگر بوسیدن آزاد است، نبوسیدن هم آزاد است و من لب‌هام را، خودم را، این وجودم را مناسب نمی‌بینم. دچار سوء تفاهم نشوی... منظورم این است که چیزی در من مُرده. چیزی که به معجزه احتیاج دارد تا زنده شود. راستش دلم نمی‌خواهد خودت را پای این کالبدِ ضعیفی که از درون متلاشی شده، هدر کنی. اگر اینجا هستم، واقعا دلم خواسته کنارم باشی.)) همسفرم در جواب گفت: ((این نشان می‌دهد که هنوز چیزی در تو نمرده. اگر این بود، تو از بوسیدنم عذاب نمی‌کشیدی. اگر این بود دلت نمی‌خواست کنارت باشم. در تو هیچ وقت هیچ چیز نمرده و نمی‌میرد. تا زمانی که دوستم داری، از چشم‌هایت می‌خوانم، می‌بینم که دوستم داری، در تو چیزی نمرده.))

گفتم: ((حق با توست، ولی اینطوری می‌ترسم لب بهانهٔ عاشق‌شدن باشد.)) گفت: ((خب باشد!)) پرسیدم: ((یعنی چه؟)) گفت: ((یعنی چی ندارد! نیاز نیست قانون و قاعده درست کنی. ما همسفریم. اگر بنا باشد اتفاقی بیفتد، برای هر دو ما میفتد.)) گفتم: ((پس چرا اینها را از اول نگفتی؟ اول یک جور صحبت می‌کردی و حالا یک جور! اولش شبیه یک دختربچهٔ لوس و ننر بودی، حالا...)) صحبت‌هامان را متوقف کردیم. شاگرد اتوبوس که یک پسر جوان بود،

می‌کرد رد صدا را تعقیب کند. به ناچار با جواب‌های مختصر و کوتاه دست به سرش کردم. دیدم فایده ندارد، سکوت کردم.

- : ((چرا پس چیزی نمی‌گویی؟)) آهسته، واقعا آهسته گفتم: ((چون تو خیلی بلندبلند صحبت می‌کنی. اینجا که کانزاس نیست. به خونِ کسانی که از این چیزها بگویند تشنه‌اند.

ببین من چقدر آرام صحبت می‌کنم.)) دیدم دوباره دست انداخت پشت سرم، سرم را آورد جلو و اینبار بوسی از پیشانی‌ام برداشت: ((باشد، قول می‌دهم که دیگر صحبت نکنم...)) و یک بوس ریز از گونه‌هام. من از ترس اینکه گریه نکند کاملا تسلیم‌اش شده بودم: ((می‌شود وقتی حرف می‌زنیم، فقط حرف بزنیم؟)) خواست دوباره ماچم کند. سرم را کشیدم عقب: ((الان فقط به حرف‌هام گوش کن!)) مثل دختربچه‌ها دست به سینه نشست سرجاش و تکیه داد به پشتی صندلی: ((چشم، الان فقط حرف بزنیم!)) روی کلمهٔ "الان" تاکید کرد. نفس عمیقی کشیدم. با نگاهی به چراغ‌های مستطیل‌شکل و خاموشِ سقف اتوبوس، گفتم: ((تو هنوز نمی‌دانی من دارم...))

- : ((ببخشید حرفات را قطع می‌کنم، می‌شود آن پرده را بکشی؟ نور اذیتم می‌کند.)) بلند شدم. پرده را کشیدم و دوباره سر جام نشستم. خوشبختانه هیچکس کنارمان ننشسته بود. از نگاه شیطان و بازیگوشش فهمیدم می‌خواهد ماچم کند، یک آن بلند شدم جایم را عوض کنم، دستم را گرفت: ((باشد، باشد،

بندبند انگشت‌ها کشیده شده بود. نمی‌توانستم. چیزی در من بود که نمی‌دانستم. با هر لمسِ من یک سلول از تنِ او ممکن بود بمیرد. چطور می‌توانستم چیزی را لمس کنم که یقین بر اینکه سهم من است، نداشتم؟ و این نه ترس از جهان آخرت یا مجازات در همین دنیا بود؛ نه، اینها نبود. درست یا غلط، صرفاً یک اعتقاد ساده بود. دلم می‌خواست جهان آنقدر جای خوبی باشد که به یک همچین اعتقادی نخندد و آنرا مسخره نکند. همهٔ اینها را با ادبیاتی مهربان به او گفتم. او فقط بیرون را نگاه می‌کرد. حتی سرش را به طرفم برنگرداند. گفتم: ((همسفر... همسفرِ نازنینم...)) گوشش بدهکار نبود: ((باور کن زود است، خیلی زود.)) یکدفعه باهام چشم تو چشم شد. عصبانی، گُرگرفته: ((نه خیر، هیچ‌وقت زود نیست. تو همیشه می‌گویی زود است، چه زود است؟)) گفتم: ((آخر من که تو را به خاطر لب‌هات نمی‌خواهم...لعنت به بوسه‌ای که به خاطر لب باشد.)) همسفرم با شور و حرارت گفت: ((معلوم است به خاطر لب نیست! این بوسه از روی عشق و علاقه است. تو اینها را نمی‌فهمی، حواست کاملا پرت است.)) سعی کردم او را به آرامش دعوت کنم: ((بهتر است یواش‌تر صحبت کنیم.)) بلند گفت: ((نمی‌خوام)). چیزی نگفتم. داد زد: ((مگر ما همسفر نیستیم؟)) سعی کرد صدایش را پایین بیاورد؛ فایده‌ای نداشت: ((هستیم، هستیم... تو را خدا یک کم یواش‌تر صحبت کن. همه دارند نگاهمان می‌کنند.)) یک زن چادری برگشته بود عقب اتوبوس و چشم ازمان برنمی‌داشت. حتی راننده اتوبوس با آن سبیل‌های چخماقیش از آینهٔ بزرگ بالای سرش سعی

گفتم: ((این حرفِ حساب، ولی این را هم می‌پذیری که در همین جهان، کلی اتفاقات عجیب و غریب رخ می‌دهد؟)) اینبار به نشانه‌ئ تایید سر تکان داد.

- : ((خوشحالم توانستم منظورم را بیان کنم)). هرچند تظاهر کردم. از همان موقع که سوار اتوبوس شده بودیم، دریافتم که او هم می‌خواهد مرا ببوسد و خیلی به این جور صحبت‌ها اهمیتی نمی‌دهد یا متوجه نمی‌شود. صبرش که لبریز شد، نتوانست جلوی خودش را بگیرد. واضحا ازم اجازه گرفت که ماچم کند. این پیشنهاد از طرف کسی بود که من حتی می‌ترسیدم لمسش کنم. صورتم عرق کرده بود. آب گلوم را قورت دادم. به او نگاه کردم. با چشم‌های خمار و شیطانش می‌خندید. سرم را تکان دادم. قاطعانه گفتم نه! که او امان نداد. دستش را انداخت پشت سرم و گردنش را کشید جلو، لبانش را بر لبانم گذاشت و ناگهان بوسه‌ای تند و آتشین از لبانم برداشت. بوسه‌ای عمیق، سوزان و پر حرارت که هیچ‌کس نمی‌دید و اگر کسی نمی‌دید، شلاق به پایش نوشته نمی‌شد. من از موضع خودم کوتاه نیامدم. به زحمت او را از خودم تارانده، داد زدم: ((بسّه! تو نباید خودت را با من قسمت کنی.)) چندتا از مسافرها به سمت صدا برگشتند. او بی‌هوا زد زیر گریه و نظر مسافرها را بیشتر به عقب اتوبوس جلب کرد: ((نه خیر، زود نیست، زود نیست... تا چشم به هم بزنیم رسیدیم مقصد و باید خیلی زود برگردیم...)) جمله‌ئ نیمه‌تمامش با گریه شکست و من ناخواسته کاملش کردم. سعی کردم آرامش کنم. دلم می‌خواست دست‌هایش را می‌گرفتم. پوست لطیف‌اش چقدر زیبا و یکپارچه بر استخوان، تاندون و

یک جور عشقِ شخصی است... از نوعِ عشق... نه دقیقا همان عشق؛ متوجه منظورم می‌شوی؟))

بعد از این همه کلنجار رفتن، او فقط سرش را تکان داد.

- : ((بسیار خب، عیبی ندارد، لااقل خواهش می‌کنم بفهم که دوستت دارم.)) تا این‌ها را گفتم او دستش را به زانوهای من نزدیک کرد و من فوراً زانوهایم را پس کشیدم. دلم نمی‌خواست از همین حالا لمسش کنم. می‌ترسیدم مثل گلبرگِ تازه باز شده، پرپر بشود. دوست داشتم طعم لبانش را احساس کنم. شاید اتوبوس بهترین جا برای این کار بود.

- : "طعم بوسه‌های کسی که عاشقانه دوستش داری بهترین طعم دنیاست و این احساس را هیچ کس جز خودت نمی‌تواند درک کند؛ این احساس، تنها متعلق به خودِ خودت است". به او این‌ها را گفتم و اضافه کردم: ((من در نگاه تو چیزی می‌بینم که در چشم هیچ بنی‌بشری نمی‌بینم.)) با لبخند شکاک پرسید: ((چی می‌بینی؟)) گفتم: ((نمی‌دانم! فقط اشک نیست، گریه نیست، قرمزی و کبودی و هیچ کدام از اینها نیست. فکر می‌کنم صداقت باشد. اگر اشتباه نکنم خودش است: صداقت!)) گفت: ((خیلی عجیب است.)) پرسیدم: ((چرا عجیب؟)) گفت: ((خب! توی جهان به این بزرگی هنوز کسی صداقت را ندیده، تو چطور ادعا می‌کنی آن را در چشم‌هایم پیدا کرده‌ای؟))

بودند. آبشار انگشتان ظریف و سفید در پیش چشمانم به لرزه درآمد. نگاهش کردم: ((خیلی فکر می‌کنی؟)) سر تکان دادم.

- : ((فکر نکن... تعریف کن. ساکت نباش... تا چشم به هم بزنیم، رسیدیم مقصد و باید خیلی زود برگردیم.)) خواستم حرفی بزنم، ترسیدم. می‌ترسیدم حرف‌هایم تکراری از همان چیزهایی باشد که بارها پیش از این گفته‌ام. همه چیز در این جهان تکراری بوده؛ همهٔ انسان‌ها تکراری هستند و من از این می‌ترسم که روزی خودم هم تکرار شوم.

خیلی ساده و راحت همان حرفی را زدم که اول باید می‌گفتم: ((من تو را دوست دارم.)) آهسته صورتش را به صورتم نزدیک کرد. لبخند نرمی انداخت گوشهٔ لب‌های سرخ و غنچه‌مانندش. چشم‌هاش را باریک کرد و گفت: ((خب بگو، باز هم بگو.)) گفتم: ((می‌گویم عزیزم، می‌گویم. خودت که می‌دانی: تا چشم به هم بزنیم، رسیدیم به مقصد و...)) بقیهٔ جمله را دوتایی کامل کردیم: "...باید خیلی زود برگردیم." آخ چقدر می‌خندیدیم و این سمفونی خودمانی برامان لذت داشت. من کمی هول شده بودم. نمی‌دانستم، واقعا نمی‌دانستم از کجا حرفم را شروع کنم: ((من هیچوقت نمی خواهم تو را از دست بدهم، هیچ‌وقت. دلم می‌خواهد کنارم باشی. این‌ها تکرار نیست. این عشق فقط مالِ من است، مالِ خودِ خودم... عشقی که مالِ آدم باشد که تکراری نمی‌شود. یعنی... یعنی این عشق یک جور عشقِ شخصیتی... بهتر است بگویم

- : ((تو جات راحت است؟)) همسفرم گفت: ((اِی... نه به راحتی جای تو.)) گفتم: ((من که راحت نیستم.)) گفت: ((می‌خواهی جای‌مان را عوض کنیم؟)) گفتم: ((بی‌فایده است؛ اگر می‌توانستیم جای اتوبوس را عوض کنیم، بهتر بود. مثلا خیابانش را می‌بردیم به یک منطقه‌ئ دیگر.)) همسفرم گفت: ((و حتی به یک شهر دیگر!)) گفتم: ((به یک استان... به یک استانِ دیگر.)) گفت: ((چرا استان؟ اصلا به یک کشور دیگر)) گفتم: ((و به یک جهان دیگر.)) گفت: ((و پیش آدمهای دیگر...)) هردو می‌گفتیم و حسابی خوشحال بودیم. گاهی برخی از مسافرها به صدای خنده‌ئ ما دو نفر برمی‌گشتند عقب و نگاه‌مان می‌کردند. برای لحظاتی ساکت شدم. از شیشه‌ئ بزرگ اتوبوس که شبیه یک نمایشگر بزرگ و واضح بود، عبور تند و سریع تیر برق‌ها و گاردریل‌های کنار بزرگراه را تماشا می‌کردم. او یک چشمش به من بود، یک چشمش به حرکات تند و سریع اشیائ آن طرف شیشه. با صدای لطیف و مهربانش گفت: ((به چی فکر می‌کنی؟)) جوابی ندادم. جوابی نداشتم. توی ذهنم زمان را می‌دیدم شبیه یک هیولا. انگار دهان باز کرده، تیربرق‌ها و خط‌های کف جاده و درخت و مناظر دور و نزدیک و خودِ اتوبوس و من و همسفر و دیگر مسافران را در خود فرومی‌بلعید. با همان سرعت که یک تیر برق از کنار ما رد می‌شد (به نظرم اتوبوس صدکیلومتری سرعت داشت) ما هم از کنار آن می‌گذشتیم. همانقدر که آن تیرها و نشانه‌های کنار جاده برای ما زودگذر بودند، ما هم برای آنها ناچیز بودیم؛ فقط آنها چیزی درک نمی‌کردند و از این بابت خوشبخت‌تر از ما

من تمام ماجرا و باعث و بانیش را به او گفتم؛ یعنی همسفرم. ما نه موتور داشتیم نه ماشین. گفتیم چه کار کنیم؟ گفتیم با قطار برویم. او سوال کرد: کجا برویم؟ و من گفتم هرجا شد. گفت خب به من بگو همسفر. گفتم به تو می‌گویم همسفر. با کلی تحقیق و تفحص دربارهٔ سفر با قطار و کشتی و هواپیما، فهمیدیم پول به قدر کافی نداریم و دوست‌داشتنِ زیادی گنده‌گوزی به بارمی‌آورد؛ اتوبوس را انتخاب کردیم. اینطوری از دست حراست هم خلاص می‌شدیم. بعدها دوستی برایم تعریف کرد بیرون خطرناک‌تر از دانشگاه است. گفتم چطور؟ گفت بیرون یک وقتی می‌بینی عقاب را زده‌اند به سیخ، روی هیزمِ ننه‌ات می‌پزند!

نمی‌خواستم به این چیزها فکر کنم. حالا باید از سفرم لذت می‌بردم. سفر برایم چه دور و چه نزدیک، با وجود همسفری که مرا درک می‌کرد و من هم او را درک می‌کردم، معنا پیدا می‌کرد.

فاصلهٔ بین دو شهر، شمالی‌ترین نقطهٔ کشور تا جنوب را انتخاب کرده بودیم. اتوبوس پر از همسفرهای دیگر بود. من و او چند ردیف مانده به آخر نشسته بودیم.

او کنار پنجره نشست: من اینجا بشینم؟

-: ((بله حتما...)) خودم روی صندلی کناری نشستم. اتوبوس به راه افتاد. خوشحال بودم. کلی وقت داشتم.

من و همسفر

خیابان‌ها جای صحبت نبود. ممکن بود به خاطر حرف‌زدن یا حتی سکوت (اگر سکوتِ معناداری باشد) دستگیرمان کنند. دوتایی سوار اتوبوس شدیم. هنوز چند سال پیش یادم نرفته؛ دفعهٔ دوم یا سوم بود. او را در دانشگاه می‌دیدم. تو راهرو ایستاده بود. من ازش یک جزوه خواستم. او هم از من یک جزوه خواست. دربارهٔ امتحانات سوالاتی پرسید و بهش توضیحاتی دادم. یک آقای نسبتا قدبلند با کت و شلوار سورمه‌ای، پیراهن آبی‌آسمانیِ یقه‌بسته، موی کم‌پشت، ریشِ پرپشت، آمد و بهمان تذکر داد: یالله زود باشید برید ردِّ کارتون؛ دِ یالله قوزمیت‌ها... نه اینکه دقیقا همین واژه‌ها را به کار ببرد؛ منظورش همین‌ها بود. آن روز به ناچار از هم خداحافظی کردیم تا اینکه با چشم‌های خودم (چشم‌هایی که یادم رفت جلوی ساعت کورشان کنم)، نگاهم افتاد به همان مردِ موکم‌پُشت، ریش‌پُرپُشت. دوستی می‌گفت: بگو حراست و قالِ قضیه را بکن، این مسخره‌بازی‌ها چیه؟ گفتم باشد، گفتم حراست و قالِ قضیه را کَندَم. باید حراست را می‌دیدم که دیدم.

با یکی از همان خانم‌های چادری، همان‌ها که رفتگر زیر پاشان را تمیز می‌کرد، زانو به زانو نشسته بود روی یکی از صندلی‌های داخل محوطهٔ دانشگاه و کلی می‌خندید و خوشحال بود. هر کس از کنارشان رد می‌شد، دستی برای‌شان تکان می‌داد و بلند می‌گفت: خسته نباشید حاج آقا...

سلاخی‌شده‌ئ من به دست من! در پس پرده‌ئ ضخیمی از خون سرخ، عقربه‌های ساعت را نگاه می‌کردم. یکی‌شان کف دستم، فشرده و خون‌آلود مانده بود و دوتای دیگر با چسب قطره‌ای به هم چسبیده شده بودند. حرکتی نمی‌کردند. عاملِ حرکت در کار نبود. زمان برای من، بی‌معنا شده بود. بازی عقربه‌ها را نفهمیدم.

❊❊❊

می‌مانم. زاری کردن خاله‌بازی بود. جیغ می‌کشیدم، خفه... من از خاله بازی بدم می‌آید... دادی پیچیده در توده‌های دستمال و پارچه که در دهانم چپانده بودم... فریاد، خفه... درد، جیغ... همهٔ اینها با خون بسیاری که دستم را نه گرم، بلکه داغ و خیلی زود سرد کرده بود در هم می‌آمیخت. به تدریج چشم‌هایم را باز کردم؛ آنها را نباید کور می‌کردم. هنوز زنده بودم و نفس می‌کشیدم. تعجبم از ترسم بیشتر شده بود. هیچ دردی را احساس نمی‌کردم. زندگی با گستاخی تمام مرا به خود فرامی‌خواند؛ خیلی قوی‌تر از هر چاقوی دسته‌زنجانی. اصلا اگر تمام چاقوهای زنجان را به کونم اماله می‌کردند، همچنان زنده می‌ماندم. زندگی حرام‌زاده‌تر از اینکه برود، و مرگ زرنگ‌تر از آن که بیاید. پس زبانم، این لَخته گوشت مست را بریدم و ناقهٔ گلویم را با همان عقربه‌ی بزرگی که کار یک چاقوی نسبتا تیز را انجام می‌داد، پِی کردم. قلب لامصب همچنان خون را با شدت هرچه تمام پمپاژ می‌کرد. مغزم گرم بود. مثل آدم مستی که هرچه الکل می‌نوشد به تدریج هوش و حواسش را از دست می‌دهد، به سلاخی خود نشستم و مست، بریدم. بریدم و تمام اعضای بدنم را قطعه‌قطعه کردم. چاقو که من را پیدا نکرده بود. دستم آن را برداشت و پیغامش را به مغزم ارسال کرد. مغز به طعنه گفت: اااا... نه بابا، تو می‌خوای ببینی کی بالاتر از کیه؟ تو که گوزیدن و ریدن‌ات هم از من فرمان می‌گیرن... مغزِ بی‌ادب. و همین مغز بی‌ادب به انتقام گستاخی این تنِ لعین، من را رسوا بر زمین و در دلِ زندگی انداخت. افتادم. غرق در خون، بی رمق، روبه مرگ در کنار پاها، گوش‌ها، چشم‌ها و بدن

خِرِش‌خِرِش آهسته شکاف بردارد و خورد شود تا قلبم خون را با تمام قدرتی که پمپاژ می‌کند، اینبار به بیرون از بدنم فواره بزند. در اینصورت مغزم...

یاد سوالی افتادم در کودکی‌های دور. در کودکی یادم داده بودند بالایی‌ها، بلای درد پایینی‌ها هستند. اگر انگشتانم را یکی‌یکی قطع می‌کردم و می‌بریدم، یا آنقدر صبور و نیرومند بودم که مچ دستم را ساطور کنم، در اینصورت مغزم که بالاتر نشسته و این تصمیماتِ ارّه‌ای را می‌گیرد، متلاشی و نیست و نابود می‌شود؟ یا اینکه بدن هم مثل ساعت کار می‌کند؟ کوچک به بزرگ کاری ندارد و هر چیز کار خودش را انجام می‌دهد؟ هیچ دستوری، اِهِنّی، اوهونّی از سوی مغز نمی‌آید که بتواند قلبم را زنده نگه دارد؟

تا دست به چاقو نمی‌شدم، نمی‌فهمیدم. یک چاقو برداشتم. یک چاقوی فوق‌العاده تیز دسته زنجانی. هر گاوی را با آن می‌شد از پا درآورد و سلاخی کرد. تصمیم‌ام را گرفته بودم. باید می‌فهمیدم مغزم تا کجا کار می‌کند. اولش استرس داشتم، و استرس فقط یک کلمه بود. زبانم داشت از سقفِ دهانم رد می‌شد. تن و بدنم می‌لرزید. دستم را آوردم بالا و گذاشتم روی تخته‌ئ گوشت‌خُردکُنی. یک لحظه چاقو را بردم بالا و با یک ضرب ناگهانی بند اول یکی از انگشتانم را قطع کردم و پراندم و فوراً، یکی دیگر از بندهای انگشتم را قطع کردم. از همان اول کلی توپ و پارچه تپانده بودم دهنم و دهنم را بسته بودم تا یک وقت داد و هوار به راه نیندازم. باید می‌فهمیدم اول و آخرش تنها

این فشار زشت و ناپسند را تحمل کنم. از لج و لج‌بازی، با چسب قطره‌ای عقربه‌ها را سفت و محکم به هم چسباندم، هر سه‌شان را. به خیالم می‌خواستم جلوی رفت و آمد شب و روز را بگیرم. عقربه‌ها هیچ کدام حرکتی نمی‌کردند. سه تا فلزِ بیخود روی هم سوار بودند. عقربهٔ ساعت‌شمار زیرِ آن دوتای دیگر مانده بود. شب این کارها را انجام دادم. صبرکردم ببینم تغییری به‌وجود می‌آید؟ روز از راه رسید و باز هم شب. فهمیدم رفت‌وآمد شب و روز هیچ ربطی به عقربه‌ها ندارد. چرا این چرخشِ بی‌فایده که حتی نمی‌تواند جلوی شب و روز را بگیرد، تا این حد مهم است؟ سوالم جوابی نداشت. بعد از ساعت‌ها ساعت‌نَوَردی به اتاقم برگشتم. روی تختم دراز کشیدم. هیچ ساعتی آنقدر قوی نیست که بتواند زمان را نگه دارد. به بدنم خیره شدم. چقدر تا نوک‌پا در عسل فرورفته بودم و خودم نمی‌دانستم. اهمیتی ندارد. می‌تواند برایم مفید باشد، بدنم. نشستم روی تخت: آیا بدن من هم مثل ساعت کار می‌کند؟ باید آزمایش می‌کردم. خواستم بدانم آیا عقربهٔ قلب و مغز و دست هم اینطور کار می‌کنند؟ جرات نداشتم و نگران بودم. ممکن بود با آسیب‌رساندن به دستم، مغزم از کار بیفتد. یا به قلبم آسیبی برسانم، چیز نوک‌تیزی بردارم، بایستم جلوی آینه و مماس با همان‌جایی که قلبم می‌تپد، کمی چپ، کمی وسط، بین استخوان جناق و قفسهٔ سینه، نمی‌دانم، نمی‌دانم چون پزشک نیستم، نمی‌دانم زیرا هیچ‌چیز نمی‌دانم... خلاصه همینطور ندانسته آن چیز نوک تیز - مثل یکی از همین عقربه‌ها - را فرو کنم تا ته قلبم؛ جوری که استخوان قفسهٔ سینه‌ام از وسط،

افتاده بود. از همان کودکی که خواندن ساعت را یاد گرفته بودم، از عقربه‌ئ کوچک بیزار بودم. مثل آدم‌های لوس و ننر، خودش را توی دل صفحه‌ی ساعت و بین دوازده چشم هشیار، جا می‌کند در حالی که دقیقه و ثانیه‌شمار هستند که پدرشان درمی‌آید و جان می‌کَنَند و بارها و بارها یک دور کامل می‌زنند تا آن عقربه‌ئ نُنُر بتواند یک دور بزند!

شاید اینبار این دو عقربه با خودشان دست به یکی کرده بودند. این عقربه‌ئ شومبولی با نقشی حک‌شده از یک گل خمیده در شکم فلزی سیاه رنگش، محکوم به فلج‌شدن بود. چندبار آهسته عقربه‌ی کوچک را از دمش، نوکش، جاییش تکان دادم. عقربه‌ئ بزرگ یا همان دقیقه‌شمارِ زحمتکش، باغرور و سنگین از کنارش می‌گذشت. ثانیه‌شمار مثل یک خط باریک سرخ، رقصِ پانیناژ بازی می‌کرد. آزادانه در صفحه‌ئ گرد و طلایی ساعت می‌چرخید و حسابی خوشحال بود. به راستی در صفحه‌ای بدونِ آن عقربه‌ئ لوس، خودنمایی می‌کرد و می‌توانست توجه هر بیننده را – حتی بیش از پیکره‌ئ ساعت – به خود جلب کند.

با این گفتگوها و استدلال‌تراشی‌ها، این راه‌های منتهی به هیچ، گنگ و حیران در بازی عقربه‌ها ایستاده بودم. احساس کردم شانه‌هایم از سنگینی تکان نمی‌خورد و خودم از سوی کس یا چیزی گرفته شده‌ام؛ یک نفر که لابد مثل خودم کنجکاو است و دستش را روی بزرگ و کوچک نگه می‌دارد. نتوانستم

من و ساعت

روبه‌روی یک ساعت ایستاده‌ئ پاندول‌دار به طول تقریبا دو متر، به تماشای عقربه‌هایی که حریصانه از عمرم می‌کاستند ایستاده بودم. یکدفعه عقربه‌ئ کوچک از مدارش خارج شد و از کار افتاد. فکر کردم لابد باتریش تمام شده. عقربه‌ئ بزرگ و عقربه‌ئ ثانیه‌شمار، هنوز روی هم سُر می‌خوردند و بازیگوشی می‌کردند. با نوک انگشت عقربه‌ئ کوچک را تکانی دادم؛ مثل ماهی‌قرمزِ تُنگ، روی صفحه‌ی ساعت شناور مانده و جابه‌جا تمام کرده بود. به خودم گفتم: اگر اینطوری باشد، نکند من هم به فرصتِ دقیقه‌ها زنده‌ام؟ ساعت با آن تاج پرنقش و باشکوه، پیکری از جنس راش، لاغر و مستقیم، مثل یک ژنرال، با قامتی کشیده و موقر روبه‌رویم ایستاده بود. به جای صورت، صفحه‌ای گرد و طلایی داشت با دوازده چشمِ نگهبان، هرکدام محیط در جهتی و هر چشم ناظر به زمانی خارج از ذهنِ زمانمند و بیچاره‌ئ من.

با همین ذهنِ مریضِ زمانی، از خودم پرسیدم: ((عقربه‌ئ کوچک باعث حرکت عقربه ئ بزرگ می‌شود یا عقربه‌ئ بزرگ، عاملِ حرکت است؟ یا هر دو از دستِ ثانیه‌شمارِ کوفتی فرار می‌کنند یا...برعکس؟)) کسی جز تیک‌تاکِ ساعت جوابم را نداد. حالا لغت تیک‌تاک با از کار افتادنِ عقربه‌ئ کوچک، معنی واقعیش را پیدا کرده بود: تیک برای ثانیه، تاک برای دقیقه. تیک–تاک... تیک–تاک... قبل از این، تیک یا تاکی کم می‌آمد. حالا بهتر که عقربه‌ئ کوچک از کار

از گیجگاه سمت راستش، کف خیابان جاری شده بود. کله‌اش به طرز وحشتناکی خُرد و لِهیده بود.

رفتگر با علامت سر نشانش داد: شاید مجسمه‌ئ او را هم بسازند.

لحظات آخر به سختی سرم را بالا گرفته بودم. موجود از لبه‌ئ پنجره پایین را نگاه می‌کرد.

***

و بعد هم کف پاهایم را گرفت و مثل دستمال کاغذی پرتم کرد از پنجره پایین. همه چیز با سرعتی باورنکردنی دور سرم می‌چرخید. سرم مثل پام می‌چرخید، پام مثل سرم می‌چرخید. سر و پام را نمی‌توانستم پیدا کنم. جهان یک ستونِ عمودی بود. دیوانه‌وار در حال سقوط بود. می‌رفت و پایین می‌رفت و من تا بخواهم به چیزی، مطلقا به چیزی بیندیشم، با چنان قدرت و حدت زمین خوردم که تا آخرِ عمر نتوانستم بلند شوم. مثل یک تکه گوشتِ لهیده‌ئ بی‌مصرف، پهن شده بودم کف خیابان و خون، روی صورت و مژه و گونه‌هایم دلَمه بسته بود. به سختی می‌توانستم پلک‌هایم را باز نگهدارم. از پشت یک پرده‌ی نازک سرخ و خونی پاهای مردم را می‌دیدم که تندتند یکی پس از دیگری بر زمین گذاشته و برداشته می‌شدند. در ازدحام و شلوغی از دل جمعیت همان رفتگر را دیدم، رفتگری که جاروش معجزه‌ئ تمیزکردن هیچ کوچه و خیابانی نبود. جارو به دست با لباس نارنجی مخصوص کارش - که حاشیه‌هایی از شبرنگ طوسی و سفید داشت - آمد بالای سرم ایستاد. جارو به دست؛ جارو به دستش چسبیده بود. تا مرا دید دستش را به طرفم دراز کرد. دست که چه عرض کنم، دسته‌ئ جاروش را. گفت: بلندشو، بلندشو جوان.... شاید روزی تو را یاد کنند و از تو مجسمه‌ای بسازند به بلندای ساختمانی که از آن سقوط کردی... تا رفتگر حرفش تمام شد چیزی مثل بمب، کنار گوشم بر زمین ترکید. او را دیدم با جمجمه‌ی متلاشی و گوش‌های خون‌آلود. جویباری از خون غلیظ

می‌کشید. گلوش انگار خراشیده و خونی بود. پر ازچرک و خون؛ کلمات را که از بین تارهای صوتیش بیرون می‌ریخت، خونی و زخمی می‌شدند. با تته-پته، به زحمت، یک کلمه من، یکی او، به موجود گفتیم: ((با...با...باور کن... ما نَنَنَنبودیم، الاغ بود...)) شگفت، هردو جرئت کردیم با آن لکنتِ زبان، سرمان را از پنجره بیرون بیاوریم و پشت به موجود، رو به شهر، عَرعَر کنیم. از بخت گُه صدایی به گوشمان نیامد. الاغ، ساکت شده بود. دوباره داد زدیم، دادمان به گریه آمیخته بود. پاهای جفتمان از وحشت می‌لرزید. زانوهامان چرق‌چرق صدا می‌داد. صورت او را دیدم، منقبض و وحشت‌زده، چین و چروک‌هاش ده برابر شده بود. می‌خواستیم گریه کنیم. ای کاش گریه می‌کردیم. با چشم‌هایی جمع شده از وحشت و اندوه، از درون‌مان فریاد می‌زدیم: ((ما نمی‌خواهیم بمیریم، نمی‌خواهیم...)) در انتظار معجزه‌ای از الاغ بودیم. فایده‌ای نداشت. موجود دوباره دهان سیاهش را از هم باز کرد: ((نباید عرعر می‌کردید. حالا که عرعر کردید، مرا به خود فراخوانده‌اید.)) سعی کردیم از خودمان دفاع کنیم که به خدا صدای عرعر کار ما نبود. موجود حرف‌مان را باور نکرد که نکرد: ((فرقی نمی‌کند... صدای عرعری را بلند کرده‌اید)) این را گفت و دیگر مجال نداد؛ روی سم‌هایش خیزی به عقب برداشت و با یک جهش ناگهانی، خم شد جلو و طوری محکم مشتش را کوبید زیر چانهٔ من که همهٔ عصب‌های فکّم از کار افتاد. از روی زمین کنده شدم، لنگ در هوا کمرم خورد به لبهٔ تیزِ آلومینیومی پنجره؛ تا بخواهم دوباره پاهایم را بر زمین بگذارم، موجود، ساق‌ها

گفتم بسیار خوب و با طمانینه در را باز کردیم. دستگیره را کشیدیم پایین، لای در مقداری باز شده بود که یکدفعه نیرویی از پشت در فشار زیادی به ما دو نفر وارد کرد و من و او را به شدت به عقب هل داد، در روی پاشنه بر زمین چرخید و با قدرت گشوده شد. در برابر چشم‌های رَک‌زده و نگران‌مان، زنی را دیدیم یا شاید مردی یا دشمنی که نمی‌دانستیم اصلا آدم است یا نه، تا با او بخواهیم دربارهٔ آزادی صحبت کنیم. موجودی بود با موهای اسکاچیِ فر و حنایی، ریخته تا شانه، با چشم‌های قرمز و عجیب به شکل الف. چهره‌اش زرد کهربایی بود. دو سوراخ ریز به جای سوراخ‌های دماغ‌اش داشت و جای پا، پنجه‌هایی شبیه سُم؛ نه شبیه سم... اصلا باید گفت سُم داشت. آمد روبه‌رومان ایستاد. ما عقب‌عقب رفتیم کنار پنجره. لب و دهنمان چفت شده بود و از ترس دوتایی دندان می‌زدیم. موجود همه‌اش دست می‌کشید به پیراهن گل‌گلیش و پیراهنش را مرتب می‌کرد. من و او یکدیگر را محکم در آغوش گرفته بودیم. نمی‌خواستیم آن موجود زشتِ نفرت‌انگیز را ببینیم، نمی‌خواستیم.

موجود به زبان آمد و با صدایی بسیار عجیب گفت: ((شما دونفر چه مرگتان است که اینطوری عرعر می‌کنید؟)) حرف که می‌زد سوت می‌کشید. صداش اِکو داشت. من ساکت، او ساکت بود. موجود قدمی آمد نزدیک‌تر. سُم‌هاش روی سرامیک‌های کف زمین، تَرَق‌ترق صدا می‌داد: ((گفتم کدامتان عَرعَر به راه انداخته بودید؟)). از وحشت نمی‌توانستیم جواب بدهیم و موجود فکر می‌کرد از بی‌اعتنایی ماست. واقعا ازش ترسیده بودیم. خرناسه می‌کشید، سوت

کف دستمان آینه شده بود. شالاپی کف دستمان را کوبیدیم به هم و یک جیغ و هورای بلند از خوشحالی کشیدیم. دوباره به در زدند. آنها بیشتر از ما عجله داشتند.

تَق تَق، تَتَق، تَق تَق... تَ تَ تَق تَق تَتَق... آنقدر منظم به در کوفته می‌شد که دلم نمی‌خواست در را باز کنم و دوست داشتم به این سمفونی چوب-دری گوش بدهم. او رفت طرف در. بازویش را گرفتم: ((صبرکن...)) صبر کرد: ((اگر خودش نباشد؟)) پرسید: ((کی؟)) گفتم: ((همان دیگر... اگر خودش نباشد، از کجا بفهمیم درست آمده‌ایم؟)) با عصبانیت بازوش را از چنگ انگشت‌هام بیرون کشید: ((کی خودش نباشد، چی می‌گی؟ آمده سراغِ ما، باید بفهمد درست آمده یا نه، ما که نباید بفهمیم...)) اینبار محکم‌تر به در زدند: ((صبر کن...)) بازوش را گرفتم: ((اگر زنی بود به او چه بگوییم؟))

– : ((می‌گوییم آزاد باش!))

– : ((اگر مردی بود؟))

– : ((می‌گوییم آزاد باش!))

– : ((اگر دشمن بود؟))

– : ((می‌گوییم آزادی از آنِ ماست)).

خلاف من، او بدون توجه به این که فقط یک خری جوابش را داده، ذوق کرد و شادمان گفت: ((دیدی، دیدی یکی صدایمان را شنید. از اولش هم می‌دانستم دو فریاد بهتر از یک فریاد است)). به حرفش توجه نکردم: ((دو گوش چی؟ از یک گوش بشنوند و از گوش دیگر دَر کنند!)) گفت: ((مسخره می‌کنی؟)) گفتم: ((مسخره‌کردن ندارد؟ یادت نیست سرِ همین داد و بیدادها چقدر به دلمان صابون زده بودیم؟ آن موقع که فلانی و فلانی و فلانی (نام دوستان فریادکش‌ام را ذکر کردم) زنده بودند، وضع‌مان قمر در عقرب بود. تازه آن‌همه همصدا داشتند. آخرش؟ هیچ!))

- : ((پس می‌گویی چه کار کنیم؟))

- : ((کاری نمی‌توانیم بکنیم، لااقل فعلا.)) به اصرار گفت بار دیگر داد بزنیم، شاید درست شود. قبول نکردم. خودش رفت لب پنجره. شهر در غباری از دود و آلودگی ناپیدا بود. خط کمرنگ برج و باروهای دور دست به چشم می‌آمد. کوه‌ها رنگی نداشت. دوباره صداش را که دست‌کمی از عرعر الاغ نداشت، انداخت تهِ گلوش و داد و هوار به راه انداخت: ((آهاااای... آهاااای... صدای ما را می‌شنوید؟ ما اینجاییم، این بالا...)) به غیر از عرعر تند و تیز الاغ، صدایی از کسی شنیده نشد. به در کوبیدند. من و او به هم خیره شدیم. ته چشم‌های جفتمان شادی خفیفی موج می‌زد. یعنی زمانِ آزادشدن، فرارسیده بود؟ کف دست‌هاش را گرفت بالا تقریبا به مخاذی شانه‌هام. من هم همین کار را کردم.

من و فریاد

دستش را دو طرف شانه‌هایم گذاشت و مثل دیوانه‌ها پرتم کرد از لبهٔ پنجره کنار: ((چه خبرت است که این همه داد می‌زنی؟ نمی‌گویی مردم خوابیدند؟)) گفتم: ((خب... (خیره خیره نگاهش کردم) خب آره... هر چی داد زدم کسی نشنید.)) پرسید: ((از کجا معلوم؟)) دستش را گرفتم و آوردمش لب پنجره: ((بیا، فریاد بزن: این تو و این شهر.)) او حفره‌ای از کف دست‌ها را دو طرف لبانش گذاشت و فریاد زد: ((آهااای، آهااای... کسی صدای ما را می‌شنود؟ آهااای... ما هنوز که هنوز است، سیاه می‌پوشیم... آهااای...)) جز پژواک پراکندهٔ صدای خودش، جوابی نیامد. من ناامید، با سری پایین به دیوار تکیه زده بودم. او آرنجش را از لبهٔ پنجره برداشت. آمد عقب‌تر و چپ‌چپ نگاهم کرد: ((چی شد آخه؟ اینها که نشنیدند.))

- : ((هه خسته نباشی؛ اگر می شنیدند که ما الان سیاه تنمون نبود.)) دوتایی به هم نگاه کردیم. اولش ساکت، بی هیچ حرفی. او گفت: ((کاری ندارد، بیا دوتایی با هم داد بزنیم». به حرفش گوش کردم. دوتایی سرمان را از پنجره آوردیم بیرون و یکصدا داد زدیم: ((آهااای...آهااای... ما هنوز هم که هنوز است، سیاه می‌پوشیم...)). در جواب، عرعر بلند و نامیزان الاغی به گوش‌مان رسید. با صدایی زیر و گوش‌خراش بلندبلند عَرعَر می‌کرد. انگار از تخم، آویزانش کرده بودند. نمی‌دانم انکرالاصوات، داشت عَرعَر می‌کرد یا می‌خواست بالا بیاورد. بر

این بود که مانی روزی‌روزگاری ازدواج می‌کند. به سرش می‌زند بر خلاف دیگران که راه می‌روند و جماع می‌کنند، زنش را نشسته یا ترجیحا خوابیده، بگاید. به محض این قصد، رمل‌ها در بیابان به حرکت می‌افتند و همچون رودی پرخروش و لبریز، مانی و زنش را احاطه و در خود غرق می‌کنند. پدرم می‌گفت به واسطه‌ئ راه‌رفتن و رفتن است که رمل‌ها می‌ترسند و ما را تعقیب نمی‌کنند، وگرنه مثل مانی که می‌خواست همسرش را نشسته بگاید و بر عکس، رَمل‌ها، او و همسرش را گاییدند، ما هم گاییده می‌شویم. پدر می‌گفت رَمل‌ها هوش و گوش‌شان هست و وظیفه‌شان اتحاد بر علیه کسی است که قصد استراحت دارد.

همین لحظه قهقهه‌ئ تند و تیزی که پژواکش سراسر بیابان را درمی‌نوردید، حرف‌های پدرم را قطع کرد و نیمه گذاشت. خنده‌ئ هول‌انگیز با وحشتی مثال زدنی، کوتاه و بریده‌بریده تکرار می‌شد. به سرعت قدم‌هایم افزودم. خودم را به پدر نزدیک کردم: ((یکی دارد می‌خندد.)) پدر گفت: ((قاضی است که مسخره‌مان می‌کند.)) حرفی نزدم. ترجیح دادم دردسر به راه نیندازم و برده‌وار، راه بروم و راه بروم. از ترس آن خنده‌ئ کینه‌جو، مو بر اندامم راست شده بود. قلبم تندتند می‌کوبید. چیزی کوچک‌ترین تاثیری بر پدرم نداشت و او با بی‌خیالی هرچه تمام به‌راه‌رفتن ادامه می‌داد. من نیز به دنبالش می‌رفتم. جلوتر، عقب‌تر... نمی‌دانم؛ فقط می‌رفتم.

***

- : ((شما تا حالا اسمی از او نبردید، او کیست؟))

- : ((معلوم نیست! این جاده را درست کرده و گفته است: راه بروید.))

ما تقریبا کنار هم راه می‌رفتیم: ((چه می شود اگر برای مدتی بایستیم و استراحت کنیم؟)) پدر گفت: ((هیچ‌وقت نباید این کار را انجام دهیم، درغیراینصورت زنده به گور می‌شویم!)) همین لحظه باد زوزه‌ئ تندی کشید و حرف پدرم را تصدیق کرد. من قانع نشده بودم؛ پافشاری کردم: ((یعنی چیز زیادی خواستم؟ فقط خواستم کمی استراحت کنم.)) پدر گفت: ((استراحت بزرگترین گناهِ انسان است.)) به افسوس چندبار سرش را تکان داد.

- : ((نمی‌فهمم ربط اینها به زنده‌به‌گورشدن چیست؟))

- : ((ربط دارد پسرم، ربط دارد. اینجا همه‌چیز یا دستِ‌کم مهمترین چیزها اجبارند: راه رفتن، خندیدن، گریستن، نفس کشیدن و دیدن. تو مجبوری که راه بروی. مجبوری بخندی و گریه کنی و نفس بکشی، والّا زنده‌زنده می‌میری، نمی‌میری؟))

- : ((خب استراحت و نشستن هم جزو این بایدهاست، مگر نه؟))

- : ((نه پسرم، نشستن و استراحت‌کردن گناهِ اعظم است؛ ما را زنده‌زنده دفن می‌کند.)) پدرم داستانی را از شخصی به نام جعفر مانی تعریف کرد که خیلی هم داستان مسخره‌ای بود، آنقدر مسخره که جزئیاتش را فراموش کرده‌ام. کلیتش

– : ((پدر...من خسته شده‌ام...)) کلمات در دهانم می‌ماسید و از گرما کِش می‌آمد. رمق ازم کشیده‌بود. دانه‌های درشت و براق عرق از سر و صورتم می‌چکید. پدر با دیدن این وضعیت دلش به رحم آمد. آرام گفت: ((نگران نباش پسرم، نگران نباش. می‌دانم چه می‌کشی. یقهٔ دشداشه‌ات هم پاره شده.)) دستش را دراز کرد و یقهام را صاف کرد: ((خیلی خوب شد تو دشداشه پوشیدی؛ راحت‌تر است. نگاه کن: با این جلیقه و کت شلوار که خودم پوشیدم، عذاب می‌کشم. کفش‌هایم را ببین: شِبرو؛ چرم طبیعی. از کناره‌ها دهان باز کرده. تو چیزهایی را نمی‌بینی که ما مدت‌ها با آنها زندگی کرده‌ایم. فکر نکن خودم از این شرایط راضی‌اَم؛ دَم نمی‌زنم. فکر کرده‌ای پدرت شتر است و کوهان دارد؟))

– : ((دور از جان پدر، این چه حرفی است؟))

– : ((حرف حساب پسرم... مرا ببین: آدم هستم. مادرت از بیابان رفت، ما هم می‌رویم. همه باید از بیابان عبور کنند. هیچ‌کس نمی‌تواند بنشیند و استراحت کند. رفتن و رفتن و رفتن، یگانه قانون بیابان رفتن است.))

– : ((امّا چه کسی این قانونِ مسخره را وضع کرده که اینطور آزارمان می‌دهد؟)) پدرم لبانش را گزید و به نجوا گفت: ((پسرم، یادت باشد کجا و از چه کلمه‌ای استفاده می‌کنی. قانون، قانون است و قانون را قاضی‌ها وضع می‌کنند. این یکی را قاضی اعظم تصویب کرده.))

اگر منظورش از امیدواری همین خاطراتِ مفنگی و دست پاشکسته بود، زر مفت زده و اگر امیدواری نتیجه‌ای است که باید در انتظارش نشست، به هرچه نابدترش خندیده که اسمش را بگذارد امیدواری!

اینبار دلم را زدم به صحرا و بی‌طاقت پرسیدم: ((پدر، چه کسی ما را مجبور کرده که در این جهنم‌درّه راه برویم؟)) پدرم با ظرافتی مثال‌زدنی، ذرات ریز و فراوان رمل و شن را که روی آستین، بازو و درزهای کت سیاهش جمع شده بود، تکانده و گفت: ((قانون پسرم، قانون! قانون می‌گوید ما در اجبار به اینجا آمده‌ایم و در اجبار نیز می‌رویم، تا در اجبار برویم.)) بی‌تاب و پرحرارت گفتم: ((لااقل بگو این اجبار کِی تمام می‌شود؟ تا ته حلقم مزه خون پیدا کرده، نَفَس‌ام بالا نمی‌آید.

لباسم را ببین: سفید بود حالا پر شده از خاک و شن، سرخ و حنایی. پاهایم... پاهایم تاول زده، ببین...)) ایستادم که کفش‌هام را از پام دربیاورم و پاهایم را به پدرم نشان بدهم، او باعصبانیت داد زد: ((نایست پسره‌ئ...لااله‌الاالله...)) خودش همینطور می‌رفت و فقط سرش را به عقب گردانده بود: ((گفتم نایست، می‌خواهی هرچه از دهانم درمی‌آید حواله‌ات کنم؟ دِ راه بیفت...)) من یک‌پا دوپا، لِی‌لِی، معمولی، هرطور شده همان کفش را که تا وسطِ کف پا درآورده بودم، دوباره پوشیدم. دلم نمی‌خواست پدر را برنجانم، خودم را رساندم بهش. هنوز چندقدمی جلوتر از من بود... بود، به هر حال بود.

شدت گرما، مارپیچ و رقصنده به نظر می‌آمد. گاهی باد دیوانه‌وار زوزه می‌کشید و یک بوته‌ئ خار را همچون گرگی گرسنه که شکاری کوچک را به دندان گرفته باشد، روی زمین می‌غَلتاند و با خود به این طرف و آنطرف می‌کشاند.

این جاده‌ئ خشک و طاقت‌فرسا تا امتدادِ زمان و مکان کشیده شده بود. اگر حرفی نمی‌زدم پدر هم چیزی نمی‌گفت. جالب که او اصلا به حرف‌زدن علاقه نداشت و آن را برای سلامتی مضر می‌دانست. یکبار مثال زد حرف‌زدن به روغن سرخ‌کردنی می‌ماند که چندبار استفاده کرده‌اند. من استدلال کردم اگر کسی ساعت‌ها کنار فِر رستوران و اجاق بایستد و برای ساعت‌ها مجبور شود داغی و بوی چرب روغن را تحمل کند، خوردنش را هم تحمل می‌کند. پدرم گفت اگر این کار را کند، احمق است به دو دلیل: اولا که چرا روغنی را که چندبار سرخ شده دور نریزد و از آن استفاده کند؟ دوما به فرض، ضرورتِ کارش ایجاب کند؛ باز نباید از آن روغن استفاده کند. زیرا اگر کار غلطی انجام می‌دهیم، لزومی ندارد به توجیهِ آن یک غلط، غلط دومی را هم اضافه کنیم که در اینصورت حسابی غلط کرده‌ایم.

در آن بیابان تو سری‌خورده، محکوم به راه‌رفتن، خاطراتم - آن هم خاطراتِ همصحبتی با پدری که سختش بود صحبت کند - ، تنها چیزی بود که از دمای بسیار بالا و رنج و بدبختی آن جهنم‌دره می‌کاهید. پدرم می‌گفت اگر آدم در جهنم باشد، هنوز امیدوار است.

من و پدر

من و پدرم در جاده‌ای خشک و بی آب و علف که جز خاک و تنگ‌دستی چیزی نداشت، راه می‌رفتیم. پدرم چند قدمی عقب‌تر از من می‌آمد، شاید هم جلوتر؛ به هر حال می‌آمد. من خسته شده بودم. به نفس‌نفس افتاده می‌خواستم استراحت کنم. پدرم می‌گفت حق نداری و باید به راه‌رفتن ادامه دهی. خودش با خونسردی هرچه تمام دست‌ها را گذاشته بود پشت کمرش و به چابکی گام برمی‌داشت. انگار نه انگار بیابان بود و حرارت تند آفتاب. لب و دهنم از تشنگی به هم چسبیده بود. حتی نمی‌توانستم آب دهانم را قورت بدهم. با برافروختگی کنار پدرم ناله کردم: ((پس چرا هر چی می‌رویم نمی‌رسیم؟)) او بی‌آنکه کوچک‌ترین نگاهی به من بیندازد جواب داد: ((قانون اینجا همین است که هر چی می‌رویم نمی‌رسیم.)) گفتم: ((شاید این جاده نخواهد تمام شود، جورش را که ما نباید بکشیم.)) پدر قاطعانه گفت: ((حرف نزن بچه، راه بیفت.)) به لحنی آمیخته به التماس گفتم: ((من باید کمی استراحت کنم... ببین آفتاب چطور می‌تابد؛ سرِ دشمنی دارد. یک تکه ابرِ ناقابل هم اینجا نیست... تا چشم کار می‌کند، شن و خار و زهرمار است.)) پدر گفت: ((اگر بخواهی اینطور از زبانات کار بکشی و یک ریز فک بزنی، خسته‌تر هم می‌شوی. ما نباید سوال کنیم، باید راه برویم... نباید چیزی بدانیم، باید راه برویم.)) پدر با دستی به سبیل‌های بلندِ اتابکیش، نگاه مستقیمش را به خط نامنظم جاده گره زد. جاده از

سوار بر یک دایرهئ چرخنده و بسیار وحشت‌آور شده بودم. مدتی طول کشید تا به تدریج از سرعتم کم و کمتر شد. توانستم سر جایم بایستم. به نفس‌نفس افتاده بودم. چشم‌هایم جایی را نمی‌دید. پردهئ سیاهی چشمانم راپوشانده بود. پرده کم‌کم، کم و کمرنگ می‌شد تا بالاخره در آن سیاهی شب، بیرون آمده از یک سیاهی و فرورفته در سیاهیِ دیگر، در آن ظلماتِ بی‌ابتدا و انتها، سایه‌ی متحرکی را دیدم. سایه جسور و بی‌پروا به طرفم می‌آمد. همینطور پیش می‌آمد. نزدیک و نزدیک‌تر. به چندمتری‌ام که رسید روباهی را دیدم یا شاید گرگی یا سگی؛ خیلی برایم قابل تشخیص نبود (فرض می‌کنم روباه بود). با پوزه و دندان‌های نیشِ خون‌آلود، یک خرگوش سفید، طوسی یا شاید هم طوسی- سفید را از پس گردنش به دندان گرفته، دست‌هایش را فرز و چابک بر زمین می‌تکاند و پیش می‌آمد. چقدر صورت و چهره‌اش برایم آشنا بود؛ خصوصا چشم‌هایش. حس می‌کردم سال‌ها او را می‌شناسم. درست حدس زده بودم. او خودش بود؛ (مادر) بود. نویسنده اینطور خواسته بود.

❊❊❊

فروبلعید و با خاک یکسان کرد. بعد از همانجا، از همان گودالی که هیچ چیز ازش نمی‌دانم، کف شکافتهٔ زمین شبیه لب و دهان جمع‌شدهٔ پیرمردی که دندان‌های مصنوعیش را درآورده باشد، تندتند چیزی را جوید. جوید و جوید، و به یکباره تکه‌کاغذی خیس و مچاله تف کرد از حلقش بیرون که بر آن نوشته شده بود: ((نویسنده به منظور سرگرمی بیش‌تر، پدر را از داستان محو نمود، کسی سوالی دارد؟!)) مادر خودش را به من چسباند. معلوم نبود می‌لرزد، عرق کرده یا ترسیده است؟ نویسنده چیزی از حالاتش توصیف نکرده بود.

آهسته، بدون اینکه حتی جرئت کنم کونم را از زمین تکان بدهم در گوش مادرم گفتم: ((بهتر نیست برویم بیرون؟ ماندن فایده‌ای ندارد... اینجا را تسخیر کرده‌اند...))

مادر فقط توانست سری تکان بدهد. چسبیده به هم، آهسته از اتاق بیرون آمدیم. او دستهای مرا محکم گرفته بود و شانه‌هایش را به شانه‌های من می‌مالید. مدام ذکر می‌گفت. هراسان به دور و ور می‌نگریست. به محض اینکه پایمان را از در بیرون گذاشتیم، بدون اینکه دست خودمان باشد یا کوچک‌ترین اختیاری داشته باشیم، چهاردست و پا روی زمین افتادیم.

با سرعتی که حتی نمی‌توانستیم یکدیگر را ببینیم، شروع به چرخیدن کردیم. دیوانه‌وار شبیه حیوانی چهارپا دور خودمان می‌چرخیدیم و من هرچه سعی می‌کردم نمی‌توانستم بایستم. مثل اینکه در یک شهربازیِ ناامن و خوف‌انگیز،

محتوی قابلمه خیره شد. قابلمه داغِ داغ بود و من موقع آوردنش از دستگیره استفاده کردم، ولی هیچ‌چی داخلش نبود!

پدر کلافه شده‌بود. مدام پشت دست‌هایش را می‌خارید و لب می‌گزید. طاقتش نگرفت؛ عصبانی از پا سفره بلند شد و داد و قال به راه انداخت: ((این دیگر چه وضعش است؟ این نویسندهٔ احمق شورش را در آورده؛ دیگر غذا هم بهمان نمی‌دهد.)) مادرم که حسابی ترسیده بود با نگرانی گفت: ((هیس، یواش‌تر، نویسنده می‌شنود.)) پدرم داد زد: ((بگذار بشنود خانم، بگذار بشنود. دیگر خسته شدم! یکی نیست به این نامرد بگوید تو که نوشتن بلد نیستی، چرا قلم دست‌ات می گیری؟ هر خطی را که می‌خواهی پُر می‌کنی، هر خطی را که نمی‌خواهی پاک می‌کنی...)) پدرم با آب و تاب، دست‌هاش را در هوا تکان می‌داد و بی‌هیچ ترسی پرخاش می‌کرد. گاهی مکثی می‌کرد، آب گلویی قورت می‌داد و دوباره سر و صدا به راه می‌انداخت: ((از آن بالا بیا پایین، قاطی این جمله‌ها زندگی کن تا بفهمی ما چه گند و گوهی را تحمل می‌کنیم...)) پدرم به سرعت شال و کلاه کرد، خرگوش را از مشما درآورد و آن را از پاهایش به همان حالت آویزان، در هوا نگه‌داشت. یک گزلک دسته فلزی از جیب کتش بیرون کشید و می‌خواست از خانه بیرون برود که ناگهان زمین - مثل دهان یک اژدهای عظیم‌الجثه که طاق باز زیر پاهای آدم دراز کشیده باشد - از هم باز شد. گودال عمیقی زیر پای پدرم، درست همان‌جا که ایستاده بود به وجود آمد و در عرض چند ثانیه او را با هرآنچه پوشیده و در دست گرفته بود در خود

ادامه داد: ((پیش خودم گفتم اگر یک درصد اهل و عیال نخواستند یا به مزاج‌شان خوش نیامد، بدهم گرگ و روباه بخورند. ما که شکم زن و بچه سیر نمی‌کنیم، لااقل به دردِ گرگ و روباه بخوریم.)) پدرم یکریز صحبت می‌کرد. سوزن زبانش خرابی نداشت. با نگاهی به من گفت: ((بگو ببینم، تو چرا اینطوری شدی؟ سرتا پات سیاه! به خودت واکس زدی؟)) گفتم: ((واکس نزدم... حوصله‌ام سر رفته بود.)) از مادر پرسیدم: ((شام چی درست کردی؟)) جواب داد: ((فعلا هیچی.)) و با صدایی بلند، قاه‌قاه به خنده افتاد. ناراحت شدم: ((پس تو که چیزی درست نکردی، چرا گفتی بیا شام؟)) سرم را انداختم پایین و خودم را با بشقاب خالی غذا سرگرم کردم. گل‌های سرخ و سفید حاشیهٔ بشقاب از گرسنگی با هم وَر می‌رفتند. یکدفعه مادر گروپی زد رو زانوی من که چارزانو کنارش نشسته بودم: ((حالا نمی‌خواهد اینطوری غم‌برک بگیری. شوخی کردم، برو غذا را از رو گاز بیاور.))

ناراحتی‌ام چندان دوامی نداشت. بی‌خیال بشقاب و طرح‌های گل‌گلیش رفتم آشپزخانه. اجاق را خاموش کردم. با یک قابلمهٔ روحیِ رنگ و رورفته برگشتم. پدرم یادش رفته بود دست و صورتش را بشورد. پاشد رفت دستشویی. وقتی آمد سه‌تایی کنار سفره نشستیم. مادرم با گفتن بسم‌الله، درقابلمه را باز کرد. به جای رقصِ مارمانندِ بخارِ غذا موقع برداشتنِ درِ قابلمه و فوت‌کردن‌های نرم و ملایم که عادت همیشگی‌اش بود تا غذا را خنک‌تر کند، حیرت‌زده به

یک ساعت است معطّلَم.)) به خودم گفتم من که از چیزی سردرنمی‌آورم، لااقل گرسنه نمانم. آمدم پایین. نشستم پای سفره.

– : ((پس تو چرا سیاه شدی؟)) مادرم سوال کرد. گفتم: ((چیزی نیست، می‌خواستم کمی متفاوت باشم.)) پدر از سرِ شب برای شکار رفته بود. در زد. پاشدم در را باز کردم. لای مشت محکم‌اش لاشه‌ی یک خرگوش توسی ـ سفید از پا آویزان مانده بود. مغز و سر و گوش خرگوش ترکیده بود. تیر، هردو گیجگاه پشم‌آلویش را سوراخ و خونین کرده بود.

پدر خرگوش را همانطور گذاشت تو یک پلاستیک سیاه، پشت در، لباس‌هاش را کَند و با خستگی، نشست پای سفره.

– : ((وا! جز این چیز دیگه‌ای پیدا نمی‌شد شکار کنی؟)) مادرم به پلاستیک خرگوش اشاره کرد. پدر گفت: ((مگر چه اشکال دارد خانم؟ خرگوش هم نعمت خداست.))

مادرم گفت: ((نه، نه، دلم رضا نیست این را بخوریم؛ گرسنه بمانیم بهتر است. خوبیت ندارد. مَشت رحیم گفته خرگوش، مکروه است.))

– : ((خب شما نخورید، جهنم. وقتی خودم پوستش را غلفتی کندم و گذاشتم روی آتیش کباب خرگوشی درست کردم و بوش تا صدتا کوچه آنطرف‌تر رفت، به یکی‌تان هم تعارف نمیکنم... احتیاجی هم به تذکر سرکار نیست؛ خودم خیلی خوب می‌دانم خرگوش مکروه است یا حرام)). پدرم نفسی تازه کرد و

من و سرگردانی

بالای پشت بام کوچک خانه‌مان به تماشای ستاره‌ها نشسته بودم. ابرها پراکنده و ژولیده در پهنای بی روح آسمان پرسه می‌زدند. یک خرگوش چست و چابک از تنهٔ درختی بالا می‌رفت، در بین شاخ و برگ درختان چرخی می‌خورد و به سرعت پایین می‌آمد. نمی‌دانستم خرگوش‌ها هم می‌توانند از درخت بالا بروند. سعی کردم رنگش را تشخیص دهم. از من فاصله داشت. خودم را خم کردم رو دیوار سیمانی یا همان حفاظ پشت‌بام، دوپایهٔ عقبِ صندلی به هوا بلند شد و من زانوانم را به دیوار تکیه دادم. سعی کردم حالات و سکنات خرگوش را بهتر ببینم. به نظرم توسی بود، شاید هم سفید؛ البته اگر نمی‌خواست متفاوت باشد، در اینصورت مثل خودم بود: سیاه! دوستی داشتم که برای "سیاه" قافیه ساخته بود: تباه... و دوست دیگرم که می‌گفت: "آه..." و ما سه نفر در راه مدرسه همیشه این سه‌کلمه را به ترتیبی که هر کدام از ما برای خودش انتخاب کرده بود، می‌خواندیم: سیاه، تباه، آه... سیاه، تباه، آه...

یک مارشِ نیهیلیستی کامل بدون اینکه اصلا اسم نیهیلیسم به گوشمان خورده باشد. در این فکرها صدای شلیک شنیدم. نوری از پشت تنهٔ درختان به میان شاخه‌ها شلیک شد و بعد صدای ضجه‌ای، جیغی، چیزی شبیه این‌ها. برای اینکه بهتر ببینم بلند شدم و خودم را تا کمر خم کردم از لبهٔ پشت‌بام به فضای پیش رو. مادرم از پایین داد زد: ((دِ کجا رفتی ذلیل مُرده؟ بیا پایین شام حاضر است

را برداشتم و از مغازه بیرون دویدم. از آنجا به نانوایی رسیدم. با همان کفش‌های خاک‌خورده، ایستادم آخرهای صف تا نوبتم شود و نان سوخته را پس بدهم و مثل هیچ وقت، نان بهتری بگیرم. نانوا با حرص و عصبانیت، تنور را به حال خودش رها کرد، کف و پشت دست‌ها و لای انگشتان چوله‌اش را چندبار با پیشبند پر از آرد، پاک کرد. پیشبند را از دور گردنش درآورد، انداخت یک گوشه و با مُشت‌های برشته، برایم خط و نشان کشید! از هول و وَلا دست و پام را گم کردم. چاره‌ای نداشتم جز گذشتن از خیر نان و پنیر.

نانوایی را مثل بقّالی ترک کردم تا دوباره هر روز کوچه‌ها را گز کنم و یک‌گوشه بایستم و از سر اجبار، نان و پنیرِ حماقت بخورم؛ در تاریکی... به دور از پچ‌پچِ آن چند نفر.

***

نان و پنیر لقمه کنم و اگر شد مقداری برای فردا. پس‌فردا و پس‌این‌فردا آذوقه کنم. می‌خواستم اولین لقمه را در دهانم بگذارم، می‌دیدم ای دلِ غافل.. نان، غیر از اینکه سرد شده، نصف بیشترش سوخته و پنیر نه تنها شل و وارفته (که بیشتر به آب‌گچ شباهت داشت)؛ کپک زده و فاسد است. بلند می‌شدم. لباس‌هایم را که تازه از تنم درآورده بودم می‌پوشیدم تا رنج دیگری را تحمل کنم؛ این سزاوار کسی بود که دیر می‌فهمید! با دستی به زانوهایم آه حزن‌انگیزی می‌کشیدم. مثل هزاران شخصیتِ هزاران داستان و کتاب دیگر که از جا بلند می‌شوند و این صحنه‌ها را تکرار می‌کنند، تکرار می‌کردم. برمی‌گشتم... با همان کفش‌های خاک‌خورده و نان و پنیرِ بخور نمیر. پنیر را آخر خریده بودم، باید اول پس می‌دادم. وقتی وارد مغازه می‌شدم، می‌دیدم همان پیرمرد لاغر که از شانسِ خدا کف سرش چهارتار شوید مو هم بیشتر نداشت و کمرش قسطی صاف می‌شد، با یک دختر هیفده ـ هیجده ساله گرم نشسته و به ریشِ هرچه دنیاست می‌خندند. همچون اجلی نامبارک، بر سرشان فرود آمده بودم. پیرمرد از صدای شرَق‌شوروقِ پلاستیک که روی پیشخوان گذاشتم، متوجه حضورم شد. از نگاهش خون می‌چکید. شک نداشتم یکی از تخم و ترکه‌های پراکندهٔ چنگیز است و شاید چنگیز در قیف وارونه‌ای از زمان، از تخم و ترکه‌هائ او بوده است. پیرمرد خشمگین و برافروخته دستش را از پشت کمر لعبتش بیرون کشید. جوری آمد سمتم که اول خیال کردم می‌خواهد واقعا مرا به قتل برساند. نگذاشتم نزدیک شود، چُس‌مثقال آب-گچ که از جانم عزیزتر نبود! پلاستیک

با خودم گفتم لابد کسی می‌آید و از این وضعیت نجاتم می‌دهد. در اینصورت چه خواهم‌کرد؟ هیچ! الان چه می‌کنم؟ هیچ. شاید مرور خاطراتم... آن هم هیچ.

سرم را انداختم پایین. به کفش‌های کهنهٔ خاک‌گرفته‌ام خیره شدم. خاطراتم هیچِ دیگری بودند. به راستی هیچ بودند و کفش‌ها به طرزی عجیب مرا از دالان بلند و دراز خاطراتم عبور دادند و آن روزها، آن روزهای پشتِ سرِ هم هیچ را به خاطرم آوردند. روزهایی که با همین کفش‌ها خیابان‌ها را متر می‌کردم، در صف نانوایی می‌ایستادم تا نوبتم شود و محض رضای خدا یک نان، فقط یک نان بهم بدهند تا خیر سرم بتوانم لقمه‌ای نان در آرامش کوفت کنم. پس با عجله به مغازه‌ای می‌رفتم که آدرس‌اش را یادم رفته، زیرا هیچکس "هیچ" را به خاطر نمی‌سپارد. از پیرمردی لاغر و خمیده که پشت دخل ایستاده بود، قالب کوچکی پنیر می‌خواستم.

پیرمرد مثل قاتل‌ها – مثل کسی که انگار ارثیهٔ پدرش را خورده‌ای ـ نانِ دستم را که اندازهٔ یک کف دست بود، وارسی می‌کرد، با هزار منت و غرور، نه به رایگان، چُس‌قالب پنیر می‌انداخت تو مشما و دستم می‌داد.

وقت بیرون آمدن از دکان، مردم را می‌دیدم که از زن و مرد تا کودک و پیر، در خیرگی به نان و پنیر از کنارم رد می‌شوند. در هجوم هزاران نگاه پرسش‌گر، شکّاک، بدبین و خائن، ناامیدانه راه خانه ـ که هنوز هم نمی‌دانم کجاست ـ را در پیش می‌گرفتم. خانه یک حبابِ هیچِ دیگر بود. یک گوشه می‌نشستم تا کمی

من و نان و پنیر

در تاریکی زیر یک تیر برق چوبی ایستاده بودم. نور سفید مایل به زردِ چراغ، جلوی پایم را به اندازهٔ شعاعی محدود روشن می‌کرد. چند نفر آن‌طرف‌تر یک گوشه دور هم جمع شده بودند و پچ‌پچ می‌کردند. می‌خواستم بروم طرف‌شان که یک‌دفعه کسی کنار گوش‌ام زمزمه کرد: ((وایسا، کجا داری می‌ری؟)) هراسان دور و ورم را نگاه کردم. پاهایم بر زمین ماند، خبری نبود. باریکهٔ نور شبیه یک دالانِ عمودی، یک استوانهٔ نورانی بالای سرم می‌تابید. خارج از آن، همه چیز در سیاهی فرورفته بود. اگر کسی سر و کله‌اش پیدا می‌شد، تا خودش را به نوررَسِ محدود تیر برق نمی‌رساند، نمی‌توانستم او را ببینم. ابتدا توجهی نکردم. خواستم از آن‌هایی که ایستاده بودند بپرسم چرا آنجا ایستاده‌اند؟ که باز همان صدا در گوشم زمزمه کرد: ((وایسا، چرا می خواهی سوال بپرسی؟))

با نگرانی سر چرخاندم. ایمان داشتم صدایی به این واضحی باید در نوررس، حسابی بهِم نزدیک شده باشد. در آن محیط تاریک و پرخلاء، جز خودم و نور مختصر چراغ برق و آن چندنفر، هیچکس و هیچ‌چیز وجود نداشت. با نگرانی انتظار کشیدم. این تنها کاری بود که از عهده‌اش برمی‌آمدم[1].

---

[1] بعدها فهمیدم که از عهدهٔ همین یک کار هم برنمی‌آیم.

شدیم اگرچه حس می‌کنم زیادی کامل شدیم. بهتر است بگویم: تکثیر شدیم. هرجا را نگاه می‌کردم خودم بودم در قد و قامت‌های مختلف - از سایز یک جاسوئیچی کوچولو گرفته (البته جاسوئیچی به سال‌ها بعد مربوط می‌شد که کامل‌تر شده بودیم) تا سایز بزرگ‌تر!

چندسال بعد که "خودم" زیادتر شد، گندم‌زار را به محلی برای گِل‌های سوخته تبدیل کرد. ما درخت را از ریشه درآوردیم تا با چوبش خانه درست کنیم. از آبشار برای اَعمالِ بعد از کمال استفاده کردیم، بلبل را سر بریدیم و شاید زشت را زشت‌تر کردیم تا دوباره به آن بالا برگردیم. موجود می‌گفت: ((در اینصورت هم، بلای دیگری گریبان‌مان را می‌گیرد)). ازم دلزده بود. نگاهم که می‌کرد می‌خواست بالا بیاورد.

از آن روز به بعد هر وقت بالا را نگاه می‌کنم از غربتی نامعلوم، همه را نفرین می‌کنم؛ خصوصا آن موجودِ ترازویی، خودم‌های ریز و درشت و درنهایت، خودم را...

***

- : ((تو مثل اینکه واقعا عقل از سرت پریده؛ یادت رفته گندم خوردیم، از آن بالا پرت‌مان کردند پایین، بعد گفتند: «دوباره بیایید بالا؟)) دستپاچه گفتم: ((گندم خوردیم؟ کِی؟ من همین چند لحظه پیش گندم خوردم! یعنی از اینجا هم که ایستاده‌ایم، پایین‌تر می‌رویم؟!))

موجود به طرز خوش‌آیندی انگشتانم را فشار داد و لبخند زد: ((نترس، از اینجا پایین‌تر نمی‌رویم. یادت باشد جایی که ما ایستادیم اسم‌اش زمین است، خب؟))
سر تکان دادم.

- : ((خب ما روی زمین ایستادیم، هنوز زیرِ زمین را که ندیدیم. اگر یکبار گندم خوردیم و از بالا آمدیم پایین، ممکن است از اینجا هم پایین‌تر برویم. نمی‌دانم بعد از آنجا هم پایین‌تری باشد یا نه... بعید می‌دانم، گندم، زیرِ زمین رشد نمی‌کند.)) چند لحظه به سکوت گذشت. موجود یکدفعه من را کشید طرف خودش و محکم در آغوش‌اش فشار داد: ((دیگر کافی است و به جای این مزخرف‌ها بیا کامل شویم که طاقت ندارم.)) من و او تن و بدن‌مان را به تن و بدن یکدیگر چسباندیم. نمی‌توانستم چیزی را درک کنم. همه چیز خیلی سریع از جلو چشمم عبور می‌کرد. اگر بخواهم توضیح بدهم به درازا می‌کشد. خلاصه‌اش کثیف‌کاری و شستنِ تن و بدنمان در آبشار و تمیزکاری و کثیف‌کاری و تمیزکاری و کثیف‌کاری و منت‌پذیرفتن و منت‌دادن و ریختن و پختن و دوختن و ساختن و به قول موجود ترازویی، کامل‌شدن بود. ما کامل

- : ((می‌خواهی چه کار کنی؟)) - : ((کاری نمی‌کنم، برگرد.)) دختر برگشت. من سوراخ پشتش را دیدم. خواستم انگشت ببرم لا سوراخ پشتش و بو کنم، دیدم خودش را کشید جلو و دوباره روی ترازوییش را نشانم داد: ((چی کار می‌کنی دیوانه؟))

- : ((هیچی نگران نباش، می‌خواستم از یک سری چیزها مطمئن شوم.)) مثل اینکه دختر منظورم را فهمید: ((نگاه به قیافه‌ام نناز، ما درست کارهای یکدیگر را انجام می‌دهیم. شاید یکی از آن دیگری وقیح‌تر باشد. این هم علت دارد.)) گفتم: ((به نظرم تو از من وقیح‌تر و ناپسندیده‌تری. علم و دانش‌ات بیشتر از من است. دقیقاً همه چیز را می‌دانی. انگار آن بالابالاها حسابی یادت مانده؛ چرا؟))

موجود عجیب آه کشید: ((نمی‌دانم، شاید اینطور آفریده شدم. فعلا کاری که بلدَم، این است که تو را به کمال برسانم و دوباره بفرستم بالا!)) با گفتن این کلمات، پنجه‌هایش را به آرامی در پنجه‌هایم قفل کرد: ((حالا بیا به جای این حرف‌ها کامل شویم که به اندازهٔ کافی وقت برای فلسفه‌بافی داریم.))

پرسیدم: ((کامل شویم؟ کامل شویم که چه بشود؟))

موجود با ناراحتی گفت: ((آآآآه...تو چقدر گیجی! خب معلوم است؛ که دوباره برویم بالا!))

نتوانستم حرفش را تاب بیاورم: ((من که تازه از آن بالا آمده‌ام، زمین شاهد است. این دیگر چه مسخره‌بازی‌ای است؟))

رفت؛ خب معلوم است، کسی که برای کمالِ تو اینجا آمده.)) صداش از صدای طبیعت دلنشین‌تر بود.

– : ((برای کمال من؟))

– : ((بله، چطور نمی‌دانی؟ خوب است قبل از آمدن به زمین، یک چیزهایی در مورد اینجا گفته بودند. نکند آنجا که نشسته بودی (به آبشار اشاره کرد) چیزی مصرف کردی؟))

– : ((مثلا چی؟))

– : ((خودت بهتر می‌دانی!)) با کمی فکر جواب دادم: ((نه، چیزی مصرف نکردم. من... من هوای سفید را سیاه کردم، گندم خوردم، بعد آمدم پیش آبشار خودم را تمیز کنم که تو را دیدم.»

موجود عجیب گفت: ((این که تعجب ندارد؛ ما دقیقا کارهای یکدیگر را انجام داده‌ایم.)) نور آفتاب که به نیم‌رخ سفید و زیبای دختر می‌تابید زیباییش را دوچندان می‌کرد. باورم نمی‌شد. یعنی آن موجودِ متفاوت، با آن همه زیبایی، مثل من، سفید را سیاه و زشت را زشت‌تر کرده بود؟ یعنی او هم مثل من یک سوراخِ پشتی داشت که ازش...غیرممکن بود. گفتم: ((یک لحظه برگرد پشتات را بکن به من.))

- : ((سلام...سلام...)) نشستم کنار گودال یا دریاچه، نمی‌دانم. آبشار با پهنای زیاد و حجم فراوانی از آب، خروشان و پرغرور، بر سطح زمین می‌ریخت. با خوشحالی مشت‌مشت آب به صورتم می پاشیدم و هرچه لک و پیس داشتم از صورتم می‌تکاندم. سال‌ها بعد فهمیدم آبی هست به نام چشمهٔ حیوان که می‌گویند هر کس از آن بنوشد، خدا را شکر نمی‌کند چون خودش خدا می‌شود. خودم را به صدای شرشر آبشار و زمزمه‌های گوش‌نواز طبیعت سپرده بودم که آبشار به زبان آمد: ((بگو ببینم، تو کی هستی؟ این لکه‌های قهوه‌ایِ خشک چیست که به باسن و سوراخ پشت‌ات چسباندی؟)) خوشحال شدم که بالاخره یک نفر تحویلم گرفته: ((من نمی‌دانم آبشار! آمده‌ام اینجا تمیزشان کنم.)) دوباره مشتی آب زدم به صورتم و تلافی هرچه بد و بیراهِ شنیده را، درآوردم. همین موقع چشمم به موجودی شبیه خودم افتاد. موهاش بلندتر بود. بر خلاف من بدنش - خصوصا از جلو - تاحدی یا شاید هم تا حدِّ زیادی، فرق می‌کرد. دوقلمبه بالای شکمش داشت، درعوض پایین شکمش چیزی نداشت. درست شبیه یک ترازوی کج و مُعوج که یک کفه‌اش را دو قلوه سنگ گذاشته باشند و یک طرفش خالی باشد؛ بدن آن موجود اگر افقی در نظر گرفته می‌شد، درست به همان ترازو شباهت داشت. از دیدن همین ترازوی کج و معوج، بدنم جور خاصی شده بود. رفتم نزدیک‌تر. موجود لبخند می‌زد. گردنش را متمایل به شانه کج کرده بود. موهای بلند خرمایی رنگش، آبشار دوم بودند: ((شما کی هستید؟)) لبخند از لبانم نمی‌افتاد. موجودِ عجیب گفت: ((چقدر زود یادت

روی پنجه پاهام و همانجا پای تنه درخت حالا زور نزن، کِی بزن، صورتم قرمز، رگ‌های گردنم متورم، دیدم معجزه شد؛ یک نوار بلند و دراز قهوه‌ای، پیچ خورد و از لای کفلم بیرون جهید و دالاّپی از یگانه سوراخ پشتم بر زمین افتاد. ناگهان درخت تکانی سخت به شاخ و برگش داد و فریاد زد: ((دِ آخه بی‌شعور، خجالت بکش! گمشو از اینجا تمام تنه‌ام را به گه کشیدی؛ گُه!)) اینقدر صدایش بلند بود که کم مانده ریشه‌هاش زمین را بشکافد و زمین، دهان باز کند. بلبل با چشم‌هایی درشت و سیاه، خیره به من چشم دوخته بود. بغضش گرفته بود. واقعا از خودم خجالت می‌کشیدم. هیچ چیز نه می‌دانستم، نه می‌دانم و نه می‌خواهم بدانم.

آن نوار دراز متعفن را همانجا ول کردم و راهم را - بی‌آنکه مقصدی مشخص داشته باشم - در پیش گرفتم. از پیش بلبل و درخت به یک آبشار رسیدم، چه آبشاری! عصارهٔ طبیعت از کوه پایین می‌ریخت. خنکیش را تا بیخ گوشم احساس می‌کردم. آبشار از آن بالا به طور ناگهانی پایین می‌ریخت و در گودالی که زیر آن شکل گرفته بود جمع می‌شد. تکه‌های بزرگ تخته‌سنگ، گاه و بیگاه به همراه آبشار از لبهٔ شیب کنده می‌شدند و به ته گودال سقوط می‌کردند. چیزی که می‌دیدم یکی از رویایی‌ترین بخش‌های آن ناحیه بود. فرشی به گستردگیِ دشتی سبز، گل‌ها و غنچه‌های رنگارنگ و پرندگانی خوش آواز - به مراتب زیباتر از بلبل - و چندین و چند درخت که گویا چشم طبیعت بودند و آدم با آنها می‌توانست به سرسبزی و خرّمیِ جهان نگاه کند.

می‌دانی؟)) بلبل با ترس و نگرانی، مدام از یک شاخه به شاخه‌ئ دیگر می‌پرید: ((شبیه این است که طلا را بگیرد و گِل سوخته‌ئ بدترکیبِ بدبو پس‌مان بدهد.)) درخت گفت: ((دوست بی‌آزارم! اگر این کار را نکند، مجبور می‌شود که سر تو را ببرد)).

بعد از مدتی جنگ و جدل بین درخت و بلبل، هر سه به توافق رسیدیم و من مجبور شدم به این پیشنهاد گوش دهم. راهم را به طرف گندم‌زار واقع در شرق آن منطقه‌ئ خوش آب و هوا، درپیش گرفتم. گندم‌زار زمین را یکسره طلاپوش کرده بود و نور خورشید، با درخشندگی خاص و بی‌مانندی ناحیه را نوازش می‌کرد. تا جایی که می‌توانستم و شکم‌ام یاری می‌کرد از آن طلاهای با عیارِ طبیعت، می‌چیدم و می‌خوردم. وقتی حسابی سیر شدم، دوباره برگشتم زیر درخت دراز کشیدم ولی هنوز پلک‌هام گرم نشده، صدای زشت و ناهنجاری بدونِ میل و اختیار من، به مراتب زننده‌تر و وقیح‌تر از آن صدای زیپی، از تنها سوراخ پشتم شنیده شد. بلبل که تازه روی شکمم نشسته بود، با نفرت پرهائ قهوه‌ای رنگش را گرفت جلوی نوکش و گفت: ((اَه، اَه، اَه، این دیگر چه بوی گندی بود؟!)) من یک نیروی عجیب، یک فشار سنگین طاقت‌فرسا، یک احساس سوزش ناشناخته‌ئ دردناک را در ناحیه‌ئ شکم‌ام، مثانه، جلو و پشتم و اصلا تمام جهان احساس می‌کردم. نفس هام کُند شده بود. نفس‌کشیدن فراموشم شده بود. فکر نمی‌کردم فشارِ یگانه سوراخِ پشتم، نفس‌کشیدن را از یادم ببرد. پهلوهام تیر می‌کشید. زورم به تحمل این فشار نرسید. کنجله نشستم

((این چه حرف مسخره‌ای است؟ تو هم که نفس می‌کشی، هوای سفید را سیاه می‌کنی. شاید حجمی کمتر از من... کثافت، کثافت است، چه از بلبل، چه از آدم.))

- : ((با این توضیح که فقط نَفَس ماست که سیاه می‌شود.)) بلبل جستی زد و پرید روی شانه‌ام تا داستانی را برایم تعریف کند: ((وقتی می‌خواستیم بیاییم اینجا، فهمیدیم که ذاتِ حیوان و انسان را جابه‌جا کرده‌اند: یعنی جسم ما شد این و ذات ما شد آن، و شما ذاتتان شد آن و جسمتان شد، این.)) هنوز صحبت‌های بلبل تمام نشده، ناغافلکی صدای زشت و زننده‌ای انگار زیپ چیزی را بالا-پایین بکشند از شکمم شنیده شد. درخت که تا این لحظه ساکت یا شاید هم خوابیده بود - نمی‌دانم، و اهمیتی نداشت بدانم - با عصبانیت داد زد: ((دِ گورت را گم کن، صدای دلت هر چی صدای زشت را زشت‌تر کرد.)) زودی از جا بلند شدم: ((خب می‌گویی چی کار کنم، دست خودم که نیست...)) بلبل می‌خواست چیزی بگوید که درخت با صدایی کهنسال و پرتاثیر گفت: ((بلبل را چه کار داری احمق؟ مگر خودت گندم‌زار را نمی‌بینی؟ برو آنجا و یک خوشه بچین و کوفت کن، بلکه قار و قور شکم وامانده‌ات بیفتد.)) اینبار بلبل پرید وسط حرف درخت: ((نه درخت، نه، اگر این کار را بکند، خطرناک است. تازه رسیده اینجا، می‌خواهی تا آنجا برود؟ اگر بهش اجازه دهیم، تا خودِ خورشید هم سفر می‌کند. حالا اگر از آن گندم‌ها کوفت کند... (بلبل خجالت‌زده چشمش به من افتاد)... ببخشید، یعنی اگر بخورد... اگر از آن گندم‌ها بخورد...

اراجیف نبافی دوپای اراجیف‌باف! شاید اینجا قشنگ نیست و زشت؛ بهتر از این است که زشت‌تر شود.)) بلبل آرام و قرار نداشت.

مدام از این زانو روی زانوی دیگرم می‌پرید: ((متوجه حرف‌هایم شدی اراجیف‌باف؟ ما بین زشت و زشت‌تر، زشت را انتخاب می‌کنیم. البته از قبل این دوتا انتخاب شده و ما، یعنی همهٔ ما، از بین آن انتخاب، چیزی را انتخاب می‌کنیم.))

- : ((و چه کسی انتخاب اول را برمی‌گزیند؟))

- : ((اجازهٔ فهمیدنش را نداریم. وظیفهٔ ما این است که نگذاریم زشت، زشت‌تر شود.))

- : ((زشتی که زشت‌تر می‌شود دیگر چیست؟)) بلبل گفت: ((نفس بکش و اینطوری... (او هوایی را در سینه‌اش نگه داشت) نفس‌ات را حبس کن)). به تقلید بلبل بادی به سینه‌ام انداختم و با یک نفس عمیق، هوایی سفید و رقیق را که هنگام خروج از ریه‌هایم به شکل حباب‌هایی سیاه و متراکم درمی‌آمد، فرودادم. بلبل ورجه وورجه کنان گفت: ((دیدی، دیدی، ما با همین که تو سیاهش می‌کنی نفس می‌کشیم.)) چندتا لک حجیم کوچولوی سیاه و خیلی ریز از لای نوک خودش بیرون آمد. بازدم من پیش بازدم ناچیز بلبل، به ابری از دود شباهت داشت. چند لحظه بخار سیاه و مه‌آلودی بالای سرمان جمع شد. چاره‌ای نداشتم. باید یک جوری خودم را بابت این پس‌دادنِ ناحسابی تبرئه می‌کردم:

لحنی لطیف (شبیه آواز) ، پرسید: ((تو کی هستی و اینجا چه می‌کنی؟ تا به حال موجودی شبیه تو ندیده بودم!)) بلند شدم و به تنهٔ درخت تکیه دادم: ((من چیزی نمی‌دانم! فقط آمده‌ام اینجا کمی استراحت کنم.)) بلبل دوباره پرهاش را به هم زد، دوری در هوا برداشت و نشست رو زانوهای من که به حالت کنجله، توی شکمم جمع کرده بودم: ((آها شناختمت، خودِ خودش هستی، از طویله آمده‌ای. همانی که طبیعت را زشت می‌کند... طویله بس‌ات نبود، اینجا چی کار می‌کنی؟)) حالا که نزدیکم شده بود بهتر می‌توانستم ظرافتش را تماشا کنم. یک چنین نقاشی جاندار، زیبا و لذیذ از قلم کدام نقاش، بر صحنهٔ طبیعت نقش بسته بود؟ بلبل گفت: ((حواس‌ات کجاست؟ چرا مات‌ات بُرده؟ پرسیدم اینجا چی کار می‌کنی؟)) سرم را تکان دادم و به خودم آمدم: ((ببخشید، حواسم نبود... راستش... (لبخند زدم) کاری نمی‌کنم. قول هم می‌دهم به کسی آسیب نرسانم)). بلبل با نگرانی نوک کوچک و حنایی‌رنگش را از هم باز کرد و گفت: ((نمی‌توانم باور کنم. تو طبیعت را زشت می‌کنی، مثل بقیه چیزها که آنقدر جان می‌کَنی تا گندشان درمی‌آید.))

– : ((به نظر من که اینجا آنقدرهام که فکرش را می‌کنی قشنگ نیست...)) نگاهی به دور و برم انداختم: ((حتی دردسرهای زیادی دارد. شبیه یک صحنهٔ پر زرق و برق؛ کلی هیجان دارد و پشتِ صحنه، چیزی جز اندوه و ماتم به چشم نمی‌خورد)). دوباره دور و اطراف و آسمان بالای سرم را از بین شاخ و برگهای درهم‌تنیدهی درخت، نگاه‌کردم. بلبل با شیطنت گفت: ((بهتر است

من و خلقت

هنوز پاهایم را زمین نگذاشته، در هوا معلق مانده بودم که زمین به لرزه افتاد و از زیر پام داد زد: ((وایسا، وایسا! تو را به هر کی خلق‌ات کرده، خاکم را ناپاک نکن... برگرد به همانجایی که بودی.)) بلاتکلیف، نمی‌دانستم دلم به حال التماس زمین بسوزد یا وضعِ آونگی خودم؛ چیزی با قدرت هر چه تمام، مچ پاهام را گرفت و من را عمود پایین کشید و من خواسته یا ناخواسته، بر زمین فرود آمدم. نگاهی به گوشه و کنار انداختم؛ همه چیز در صحت و امنیت کامل بود. چندین‌بار پاهام را محکم کوبیدم روی زمین: ((می‌بینی؟ آنقدرهام که فکرش را می‌کنی کثیف نیستم‌ها...)) و برای فرار از گرمای تند و بی‌رحمانهٔ خورشید، به سایهٔ خنک و دلپذیر تک‌درختی پناه بردم. تک درخت خردمندانه بر فراز تپه‌ای، ناظر بر آن دشت سرسبز، قد برافراشته بود. با آسودگی روی تشکچه‌ای از گل و چمن دراز کشیدم. بلبلی کوچک تقریبا هم‌اندازهٔ یک کف دست با پرهای قهوه‌ایِ روشن، چست و چابک از این شاخه به آن شاخه می‌پرید و نغمه‌های دل‌انگیز سر می‌داد. چهچههٔ دلنشین و روح‌نوازش لذت یک چرت خوب و حسابی را بهم هدیه می‌داد. تازه پلک‌هام داشت گرم می‌شد که بلبل چشمش افتاد به من. دست از آواز خواندن برداشت. جستی زد و پرید روی شاخه‌ی آویزان نازکی که درست در قرینهٔ من، بین زمین و هوا معلق می‌رقصید. بلبل با چشم‌های درشت و سیاهش، مرا هاج‌وواج برانداز کرد. با

خوابمان برد. نمی‌دانم چقدر... بیدار که شدم، در یک طویله‌ی کوچک به بسته‌هایی از کاه و یونجه، شبیه پشتی تکیه زده بودم. تنها روشنایی طویله یک چراغ پریموسیِ زهوار در رفته بود با نَفَس‌هایی شبیه محتضر روبه مرگ. بلافاصله متوجه سگی شدم با بدن پشمالوئ خرمایی که مچ دست‌هایش را زیر پوزه‌اش گذاشته، کنارم دراز کشیده است. اول ترسیدم و خودم را عقب کشیدم. سگ به طرزی باورنکردنی پوزه‌اش را از هم باز کرد، لَه‌لَه‌زنان، زبان صورتی دراز و کف‌آلودش را انداخت پایین و گفت: ((نیازی نیست بترسی، خودم هستم: دختر!)) با ترس و تعجب گفتم: ((پس چرا سگ شده‌ای؟!)) صدام از نگرانی می‌لرزید. دخترِ سگ‌شده گفت: ((به خودت نگاه انداختی؟)) من تغییر کرده بودم! دست و پاهام به سم‌هایی سنگین و سخت تبدیل شده بود و روی سرم دو گوش بلند الاغی، سیخ و مستقیم به طرف سقف روییده بود. از درماندگی نمی‌توانستم حیرتم را ابراز کنم. هنوز این کابوس واقعی را باور نکرده، کسی به در چوبی و قدیمی طویله کوبید. چندین و چندمرتبه صدای بم و مبهم در طویله بلند شد که به آن می‌کوفتند. خواسته یا ناخواسته صداهای زیر و گوش‌خراش عرعر و هاپ‌هاپ، از گلوی من و دخترِ سگ‌شده برخاست و فضای طویله را پر کرد؛ مثل بسته‌های کاه و یونجه که گوشه و کنار طویله، به حال خود رها شده بودند.

***

رها شده بود. بعد با صدایی آسمانی و لحنی شاعرانه گفت: ((آه ای تو از کوه پایین آمده، در پی‌ام بیا...)) در پی‌اش رفتم. دختر با گام‌هایی استوار از میان انبوه سنگین و چسبناک لجنزار راهش را به سوی تخت‌خواب فلزی باز می‌کرد. ما روی تخت دراز کشیدیم و خیلی زود قالب تهی کردیم و دیگر خودمان نبودیم. راجع به دختر چیزی نمی‌دانم، به نظرم که او هم خودش نبود. لمس گردن و گونه‌های سرخ اناریش، آن گونه‌های خون‌چکان مکیدنی، دیوانه‌ام کرده بود. سینه‌هاش را محکم توی مشتم فشار می‌دادم، از لب‌های سرخ مست‌کننده‌اش، بارها و بارها بوسه می‌چیدم. ساق پاهایم را تندتند به ساق پاهای او می‌مالیدم و از لجنی که به پاچه‌های شلوارم می‌چسبید به ساق‌پاهای او، و از لجنی که به پاچه‌های شلوار او می‌چسبید، به ساق پاهای خودم مالیده می‌شد. دیوانه‌وار خودم را روی دختر می‌انداختم و بر آن تن آسمانی، پاک و نورانی غلت می‌زدم تا آن را به تمامی فتح کردم. دختر با جیغ و واجیغ‌هاش لذتم را ده‌ها بلکه صدها برابر کرده بود. دلم می‌خواست کتکش بزنم و موهایش را بکَنم. محکم او را بغلم گرفته بودم. گردن و استخوان ترقوه‌اش را لیس می‌زدم و پوست لطیفش را که از تردی خاص عرق تن‌اش طعم و بوی لیموی تازه به خودگرفته بود، مزه‌مزه می‌کردم.

چند دقیقه بعد از هم جدا شدیم. لجنزار دوباره بو می‌داد. هر کدام از ما خسته و بی رمق ـ مثل دونده‌های دو ماراتون که یکسره می‌دوند و به نفس‌نفس می‌افتند ـ یک گوشه از تخت‌خواب را اشغال کردیم تا اینکه از خستگی

و تیز استفراغ را در حفره‌ی دهان و گلویم احساس می‌کردم؛ آمیخته با خون و زخم، می‌خواست از دهانم فواره بزند. پلک‌هام از خستگی پف نه، وَرَم کرده بود. تمام بدنم تا مغز استخوان درد می‌کرد. با همان قلبی که نامنظم می‌تپید و ای کاش از اول نمی‌تپید، از کوه پایین آمدم. از آنجایی که خستگی، مرا همجوار مرگ کرده بود، در قید و بندِ رسیدن به دامنه‌ئ پشت کوه نبودم. گفتم هرچه باداباد و بدون کوچک‌ترین احتیاطی قدم‌هایم را اینجا و آنجا گذاشتم و کج‌کج، بدوبدو و خلاصه یک جوری خودم را به دامنه رساندم.

در این گیر و دار، چشمم به دختری زیبا افتاد که پاهاش تا زانو در لجنزار فرورفته بود. با دیدن چهره‌ئ مهربان و نورانی‌اش، تعفن چندش‌آمیز لجنزار فراموشم شد. نیلوفری زیبا در میان مرداب! دختر با نگاهش مرا به خود دعوت می‌کرد. موهایی بلند، پوستی مرمرین و سفید و چشم‌هایی مثل خودم مشکی داشت. دندان‌های شمرده‌ئ ردیفش از شکاف لب‌های سرخ پیدا بود. آه، به راستی چه احمق بودم که خودم و مثل خودم را نفرین کرده بودم. آن دختر یگانه کسی بود که تنهایی‌ام را درک می‌کرد. این نتیجه‌ئ تلاشم بود و عجیب نتیجه‌ئ دلپسندی به شمار می‌رفت.

با دیدن اندام رعنا و ساق‌های تراشیده‌ئ او، حرارت در بدنم بالا رفت. سردی هوا برایم گرم و دلپذیر می‌نمود. دختر با انگشت‌های تراش‌خورده‌ی بوسیدنیش، به تخت فلزی و دو نفره‌ای اشاره کرد که همانطور وسط لجنزار به حال خود

بگویم جان می‌کندند از کوه بالا بروند. گُله‌گُله هرکدام مسیری را انتخاب کرده، پیش می‌رفتند. من هم به پیروی از آنها همین کار را انجام دادم. کوه، شیب تند و هول‌انگیزی داشت. ((نباید پایین را نگاه کنم، نباید پایین را نگاه کنم...)) هرچه از کوه بالاتر می‌رفتم این جمله را با خودم تکرار می‌کردم. سنگ‌ها کروخ کروخ زیر پاهایم قل می‌خورد و به پایین می‌غلتید. دستم را جابه جا، به آویزی می‌گرفتم. نوک تیز برخی سنگ‌ها به آرنج و بازوهام فشار می‌آورد و حسابی سر و بدنم خونی و زخمی شده بود. وقتی سنگی را از دیوارهٔ کوه به چنگ می‌گرفتم، می‌خواستم جای پایم را محکم نگه‌دارم و با نوک کفش زیر پایم را جستجو کنم. طاقت نداشتم پایین را نگاه کنم. همزمان بوته‌های خار به مچ و ساق پاهایم فرو می‌رفت و من آنقدر نیرومند نبودم که بتوانم یک دستم را آویز به سنگ‌ها نگه‌دارم و با دست دیگر، خارها را از پر و پاچهٔ شلوارم بتکانم. تنها بودم و باید از عهدهٔ این تنهایی برمی‌آمدم.

با رنج و مشقت، خودم را به قله رساندم. دست‌هایم از مچ تا بازو خراشیده، تمام بدنم زخم شده بود. این تلاش مستحق بهترین‌ها بود ولی با دیدن منظرهٔ پشت کوه، به خودم و دیگرانی که قبل از من پیش قدم شده بودند لعنت فرستادم و هرچه بد و بیراه، نثارشان کردم!

انگار کسی یک قلم‌موی بزرگ آغشته به کثافت را برداشته، با آن پشت کوه‌ها را به لجن کشیده بود. چیزی نمانده از تعفن و نکبت، حالم بد شود. طعم تند

نکنی، انسانی... تا خیانت نکنی، انسانی...)) آن صدای زمخت و مردانه در سرتاسر بیابان انعکاس پیدا می‌کرد حال آنکه فقط از یک نقطه شنیده می‌شد. باید اعتراف کنم که می‌ترسیدم. همانطور که گفتم هر چه پیش می‌رفتم به طرزی عجیب و باورنکردنی بزرگ می‌شدم و تغییر می‌کردم. بدنم آن لطافت و نرمی سابق را از دست داد. دست هایم بزرگ‌تر و قوی‌تر و موهای زبری صورتم را سیاه کرده بود. طویله را نمی‌دیدم و بی‌آنکه بدانم به مسیر خود ادامه می‌دادم. ناگهان از قلب تیرهٔ آسمان، گردبادی، استوانه‌ای، هاله‌ی مبهمی، عمود و رقصان زوزه کشید و چرخان‌چرخان به زمین نزدیک و نزدیک‌تر شد. من بی‌اختیار و به یک ضرب ناگهانی بر روی پاهایم راست و مستقیم ایستادم. بی‌آنکه از خودم اختیار داشته باشم دست و پاهام را از هم باز کردم و به یک چشم‌به هم زدن، یک دست پیراهن و شلوار و یک جفت کفش مشکی بر تنم پوشانده شد.

با نگرانی سر جایم ایستادم. به کفش‌ها خیره شدم. کفش‌ها برایم تنگ بود و لباس به تنم گشاد؛ با این همه از لختی‌ام بهتر بود. می‌خواستم بدانم این لباس‌ها را چه کسی تنم کرده، اصلا اینجا کجاست، این کوه و بیابان برای چه هستند و من از کجا آمده‌ام؟ خواستن کافی نبود. وقتی به کوه‌ها رسیدم دامنه را لکه‌لکه بوته‌های پراکندهٔ خار پوشانده بود و اطراف کوه را شیبی تند و وحشتناک همچون دامن عفریته‌ای زهرآگین، دربرگرفته بود. اتفاقا چشم‌ام به دیگرانی شبیه خودم افتاد؛ دوپا، ضعیف، رقَّت‌انگیز... مردمی که سعی می‌کردند یا بهتر است

گوشم رسید. خوشحال شدم و باز هم کوبیدم. صدا واضح نمی‌آمد. درِ کلفت و چوبی طویله از لولا کج شده بود ولی همچنان با زنجیر درشت محکمی، از ورود هر جنبنده‌ئ خطرناک جلوگیری می‌کرد. گوشم را خواباندم رو در و دوباره کوبیدم. صدای گروپ‌گروپ در سرم می‌پیچید و به تعقیب آن، صدای مبهم واق‌واق یک سگ و بعد عرّعرٍّ تند و تیزِ شاید یک ماچه‌الاغ. اشتباه نمی‌کردم، یقین داشتم صدا از داخل طویله است. توانایی من ناچیز و درب طویله قطور و مستحکم بود، یا لااقل مستحکم بود برای منِ ضعیفِ تازه به اینجا آمده. چندبار دیگر کوبیدم، فایده نداشت؛ در باز نمی‌شد. صدای بلند و بم هاپ‌هاپ سگ و بانگ گوش‌خراش عَرعرِ الاغ از نفس نمی‌افتاد. بدنم از سرما جمع شده بود. می‌لرزیدم. تنها راهی که به ذهنم رسید، رفتن به سوی کوه‌ها بود. دلیلی مشخص برای این پیشروی نداشتم؛ آدم گاهی ارتکاب به چیزهای بی‌دلیل می‌کند تا خود را از خلاء پیشِ رو برهاند. هنگامی که همان چیزهای بی‌دلیل و پوچ را مرتکب و دستش به آنها آلوده شد، درمی‌یابد همان هم خلاء و خلسه‌ئ دیگری بوده است. گویا آدم را تنها به آزمودن دونقطه‌ئ هیچ که دو روی یک سکه هستند، عادت داده‌اند. ضمن مرور این تعابیر در اعماق ذهن ناچیزم، با پایی برهنه، تنی لخت، چهاردست و پا و به تدریج روی دوپا! آن مسیرِ منتهی به کوه‌ها را که برافراشته از هیچ و فرورفته در هیچ بودند، درپیش‌گرفتم و بزرگ و بزرگ‌تر می‌شدم. در طول راه صدایی گنگ و نامعلوم از یک نقطه‌ئ نامعلوم‌تر به گوش می‌آمد که یکسره فرمان می‌داد: ((تا خیانت

من و آغاز

وقتی به اینجا آمدم، هیچ چیز، دقیقا هیچ چیز وجود نداشت. تک و تنها و در یک برهوت هول‌انگیز، در تاریکی بی‌انتهای یک بیابان دورِ دور، ضعیف و خسته، با جثه‌ای کوچک و تنی عریان، به حال خود رها شده بودم.

ستیغ رشته‌کوه‌ها در افق – از آنجا که چشم تنها به حدس و گمان متوسل می‌شود – خودنمایی می‌کرد. قله‌ها به سگرمه‌هایی خشمگین و عبوس می‌مانستند که در آن تاریکی جز به خاطر هیبت باشکوه‌شان، محال بود دیده شوند. باد و باران دیوانه‌وار کوران می‌کرد. هوا سردی خاصّ و بی‌رحمانه‌ای داشت، از آن سردی‌ها که یکی مثل دخترک کبیرت فروش را می‌گاید و خیلی آهسته آهسته، با شکنجه‌ی سرما می‌کشد. فکر کردم کسی جز من در آن بیابانِ لنگه‌ئ دنیا وجود ندارد. نمی‌ترسیدم و در عین حال از چیزی مطمئن نبودم. هر چه فکر کردم از کجا آمده‌ام، آمدنم بهرِ چه بود، چیزی به مغزِ فندوقی‌ام خطور نکرد. خودم را می‌دیدم که لخت و کوچک در یک گوشه از بیابانی سرد و خاموش، جلوی طویله‌ی نسبتا کوچکی به حال خود رها شده‌ام. مطمئن نبودم طویله باشد. در آن تاریکی جز به زحمت مهتاب، نمی‌توانستم چیزی را تشخیص دهم. سیاهی در آن بیابان عصاره‌ی تمام تیرگی‌ها بود و زور ماه به روشن‌کردن آنجا نمی‌رسید. چه باید می‌کردم؟ زمین سیاه، آسمان سیاه. چندبار با مشت‌های کوچک‌ام به در طویله کوبیدم. صداهای گنگ و نامشخصی به

ناهنجار و خش‌خشِ گوشتِ تن‌آب‌کُن، و آسفالت کثیف خیابان که منتظرِ تمیزی بود. کوچه هنوز در پرده‌ای از مه فرورفته بود.

رفتگر دسته‌ئ جارو را دو دستی چسبیده بود و با ظرافت و دقت، کارش را انجام می‌داد. در همان حال از من پرسید: ((خب چرا ساکتی، حرفی بزن. تو که از شادی می‌خواستی بال دربیاوری... مادرش را دیدی؟ مادرِ فلانی را؟))

گفتم: ((دیدم.)) گفت: ((می‌دانی با چه کسی بود؟)) گفتم: ((نمی‌دانم.))

رفتگر گفت: ((پس بهت می‌گویم: خودم خرجش را می‌دهم، خودم. سالهاست کار ما دو نفر همین است. خب، تاوانش را می‌دهم. فقط و فقط تو "من" می‌شوی؛ از قدیم گفته‌اند لذت بردن خرج دارد.)) رفتگر سرش را پایین انداخت و دیگر چیزی نگفت. کم‌کم در توده‌ئ متراکم غبار و مه پیش می‌رفت تا اینکه به راستی ناپدید شد. همزمان با صدای گنگ و تردیدآمیز چند یاکریم گیج، کوچه دور سرم به دوار افتاد. من خوابیدم و خواب دیدم و رفتگر آنقدر جارو کشید تا "من" ، منی که هیچ‌چیز نمی‌دانم به اینجا آمدم.

***

می‌کنند.)) گفتم: ((آره، اتفاقا یکی‌شان هم مادر فلانی است. خب تو که این چیزها را می‌دانی چرا جارو می‌کشی؟)) هنوز حرفم تمام نشده، رفتگر یکدفعه جاروش را پرت کرد و رفت. آنقدر رفت که دیگر نمی‌توانستم او را ببینم. مثل بازیگری که برصحنه‌ٔ تئاتر به ایفای نقش می‌پردازد و بعد از پایان نمایش در پشت پرده مخفی می‌شود، رفتگر به یکباره در پَسِ این پرده‌ٔ مه‌آلود ناپدید شد. کمی بعد، چند تا از خانم های در و همسایه با آن کفل‌های چاق و تو پُرِ یه‌وَری، پهلوهای آویزان و پیراهن‌های گل‌گلی‌ای که از زیر چادر مشکی پوشیده بودند و هنوز هم نمی‌توانستند توده‌ی تعفن‌انگیز سینه‌های گوشتی‌شان را مخفی کنند، به کوچه آمدند تا آنجا را کثیف کنند. اتفاقا یکی‌شان هم مادر فلانی بود. سریع او را شناختم. تنها فرقش با بقیه چند شوید تارِ موی سفیدی بود که از زیر چادر سیاه و دَم‌کرده‌اش، جلوی پیشانی عرقیِ نمناکش ریخته شده‌بود. او هم چیزی را مخفی می‌کرد. این را می‌شد از نگاه وِیرگرفته‌اش فهمید. من یک گوشه ایستاده، بی هیچ حرکتی به عنوان مطلق‌ترین شاهدی که شهادتش در هیچ دادگاهی افاقه نمی‌کند به کثیف‌شدن کوچه توسط آن زنان چاق‌چاق چادری، خیره می‌نگریستم؛ خونسرد بی‌هیچ بهت و حیرتی. بهت و حیرت در وجودم برچیده شده بود. به مجسمه‌ٔ سرد و بی‌روحی شباهت داشتم که بخارِ پیشانیِ هیچکس، حیرت‌اش را برنمی‌انگیخت. وقتی آنها کارشان تمام شد، رفتگر دوباره برگشت و شروع کرد به جاروکشیدن. دوباره همان صدای

را قُرُق کرده بود. رفتگر در پشت این پرده‌ئ غبارآلود و طوسی‌رنگ، مثل هر روز با خِش‌ّخِشٍ جاروی بلندش، تنِ آسفالت‌پوش و کثیف خیابان - تنی که هرگز خیال تمیزشدن نداشت - را جارو می‌کشید. به طرفش رفتم. بی‌آنکه انگیزه‌ای داشته باشم فریاد زدم: ((سلام، سلام... من امروز کمی مرده‌ام.))

رفتگر سرش را بالا گرفت. صورتش پشت کلاه پشمی سیاه‌رنگی مخفی بود. از زیر کلاه که از پیشانی تا چانه‌اش را دربرمی‌گرفت، فقط دو چشم میشی‌رنگ روشنِ نافذ پیدا بود. صدایی آرام و خونسرد گفت: ((حالا چرا اینقدر ذوق می‌کنی؟ مردن که افتخاری ندارد.)) و دوباره سرش را انداخت پایین و به همان عادتِ غریزی مشغول شد. خوشحال از اینکه جوابم را داده، به هوا پریدم و مثل روزهای کودکی‌ام که یادم نیست، هیچ را لمس کردم. رفتگر لحظه‌ای مکث کرد، سرش را بالا گرفت و پرسید: ((حالا چرا اینقدر خوشحالی؟)) گفتم: ((چون مُرده‌ام.)) رفتگر با همان خونسردی گفت: «اینقدر خوشحال نباش؛ شاید دوباره زنده شوی.» باز صدای خش‌خش جاروش بلند شد. حتی یک لحظه هم دست از جارو نمی‌کشید. دستش به دسته‌ئ جارو چسبیده بود؛ درست شبیه دستِ من به هیچ...

پرسیدم: ((تو که انقدر عالِمی، چرا جارو را ول نمی‌کنی؟)) رفتگر گفت: ((چون ول نمی‌کنند.)) پرسیدم: ((کی‌ها؟)) گفت: ((کی‌ها؟)) باز هم جارویی به زمین کشید. گفت: ((کی‌ها؟ خب معلوم است... همان‌هایی که خیابان را کثیف

من و رفتگر

خسته بودم و از خستگی چشمانم جایی را نمی‌دید. خستگی مثل یک مار افسونیِ نامرئی، زیر پوستم رخنه کرده بود. سلول‌هایِ تن نیمه‌جانم خسته از خواب و ناتوانی بودند. انگار یک نفر با چکّش عقده‌هایش بدنم را خرد و داغان کرده بود؛ وقتی خوابم برد دیگر...چیزی... نَفَه...می...

با بدنی کوفته، مستِ خواب؛ صبح که بیدار شدم شب شده بود. از ایوان، رفتگر جوان و کوتاه قدی را دیدم که کوچه را جارو می‌کشد. با صدایی بلند - گویی فرسنگ‌ها از من دورتر است - فریاد زدم: «رفتگر... رفتگر... جارو نزن، جارو نزن...» رفتگر اصلا صدایم را نمی‌شنید. چنان غرق جاروکشیدن بود که شاید از دروازهٔ مادرش با دسته‌جارو به دنیا آمده‌بود. دوباره فریاد زدم، دوباره نشنید. ناامیدانه به اتاقم برگشتم و روی تختم دراز شدم. دلم به حال رفتگر می‌سوخت. از وقتی یادم هست کارش جارو کشیدن بوده. لابد هم نمی‌داند که این کوچه، این شهر، هر روز و هرروز کثیف و کثیف‌تر می‌شود و جاروکشیدن و تمیزکردنش تکراری بیهوده است .

با این فکر و خیالات چشم‌هایم را روی هم گذاشتم و خوابیدم. اینبار که بیدار شدم می‌توانستم به کوچه بیایم و رفتگر را از نزدیک ببینم. بوی خون و تلخی گزنده‌ای به مشام می‌رسید. غباری متراکم در هوا پخش بود و خطٍّ رقیق شاید هم غلیظ، نمی‌دانم... خلاصه خطی از مِه، آن کوچهٔ دنگالِ نه چندان عریض

فهرست

عنوان: من نمی دانم

نویسنده: علی مراقب

ناشر: سوپریم آرت، آمریکا

شابک: ۹۷۸۱۹۴۲۹۱۲۹۵۸

من نمی‌دانم

اثری از

علی مراقب

www.ingramcontent.com/pod-product-compliance
Lightning Source LLC
Chambersburg PA
CBHW060115260626
47160CB00005B/1897
9781942912958